H Osmin

Musik und Musiker im Lichte des Humors und der Satire

Vers und Prosa

H Osmin

Musik und Musiker im Lichte des Humors und der Satire
Vers und Prosa

ISBN/EAN: 9783743660069

Hergestellt in Europa, USA, Kanada, Australien, Japan

Cover: Foto ©Andreas Hilbeck / pixelio.de

Weitere Bücher finden Sie auf **www.hansebooks.com**

MUSIK UND MUSIKER

IM LICHTE DES HUMORS

UND DER SATIRE.

VERS UND PROSA

AUSGEWÄHLT VON

H. OSMIN.

BERLIN ✻ RIES & ERLER

1899.

Druck von J. M. Groth, Elmshorn.

MEINEN BEIDEN GETREUEN HELFERN:

Ihr

DIE SICH MIT NIEMALS ABGESTUMPFTER TEILNAHME

DURCH JEDEN STOFF HINDURCHARBEITETE

UND MIT SCHNEIDIGER SCHÆRFE

DAS BRAUCHBARE VOM UNBRAUCHBAREN

ZU TRENNEN VERSTAND;

UND

Ihm

DER SICH BEIM ZUSAMMENFÜGEN BEWÆHRTE

UND AUCH BEI

DEN STÆRKSTEN ANSPRÜCHEN AN SEINE ARBEITSKRAFT

NIE WIDERBORSTIG WARD

WOFERN ICH NUR SEINER KLEINEN SCHWÆCHE

FÜR HÆUFIGERE ANFEUCHTUNG

NACHGAB;

IHNEN BEIDEN

Meiner Schere

UND

Meinem Gummipinsel

WIDME ICH DANKBAR

DIES BÜCHLEIN.

VORWORT.

Auf jedem Felde menschlichen Schaffens gedeiht zwischen den ernsthaft nickenden, fruchtbeschwerten Aehren auch allerhand lustiges Gewächs. Unkraut nennt's streng und verächtlich der eine, der andere aber hat seine Freude an den bunten Blumen, die die gelbe Fläche anmutig unterbrechen, und sieht sie nicht ungern zum Strausse vereint.

Ein solcher Strauss ist es, der dem Leser hier dargeboten und, wie ich hoffe, freundlich angenommen wird.

Der Fach-Humor hat gerade in der Musik, der fast jeder Gebildete geniessend oder ausübend nahesteht, besonders reiche Blüten getrieben. Nicht nur geistvolle Musiker wie Karl Maria von Weber, Peter Cornelius, Hector Berlioz, haben gelegentlich das Bedürfnis gehabt, musikalische Dinge humoristisch zu behandeln. Vielmehr bewirkt die Allgemeinheit der Teilnahme an der Musik, dass auch Laien zu musikalischen Fragen Stellung nehmen — es sei nur an den „Fall Wagner" erinnert, — dass die Witzblätter sich liebevoll mit der „Musikplage" im allgemeinen oder mit Einzelerscheinungen beschäftigen, unter denen das Virtuosentum, der Dilettantismus, vor allem aber das vielgeschmähte Klavierspiel schier unerschöpflichen Stoff hergeben.

Auf diese Weise fliessen schon in der allgemein zugänglichen Litteratur die Quellen so reichlich, dass leicht mehrere Bändchen wie das vorliegende zu füllen sein würden,

Daneben käme aber für eine etwaige Fortsetzung oder neue Auflage der Sammlung noch eine besondere Litteraturgattung in Betracht. In Festzeitungen, Tafelliedern und Bühnenspielen, wie sie etwa gelegentlich einer Jubelfeier entstehen, ist oft eine solche Fülle von Geist und Witz ausgegeben, dass man jenen Erzeugnissen eine weitere Verbreitung wünschen möchte, als sie in der Regel finden. Dazu dürften Sammlungen dieser Art der geeignete Ort sein, und es wäre schon aus diesem Gesichtspunkte eine dankbare Aufgabe, auch für andere Künste und Wissenschaften ähnliche Hefte zusammenzustellen. Ansätze dazu sind in den Fach-Liederbüchern vorhanden, aber freilich eben in der Beschränkung auf das Lied. Die Leser, die im Besitze von geeigneten Stücken dieser Art aus musikalischem Gebiete sind, werden freundlichst gebeten, sie durch die Verlagshandlung an mich gelangen zu lassen.

Berlin, im März 1899.

Der Herausgeber.

INHALTS-ÜBERSICHT.

KOMPONISTEN, VIRTUOSEN, KONZERTE.

KLAVIERSPIEL, GESANG.

DIE KRITIK.

POTPOURRI.

LOB DER MUSIK

von

HEINRICH SEIDEL.

Aus dem Gedicht „Die Mittelmässigen."
Ges. Schriften Bd 7. Glockenspiel. Leipzig,
A. G. Liebeskind [1892].

Die Musik ist heutzutage
Wohl der Menschheit grösste Plage:
Schauervolles wird erreicht,
Wenn der Mensch die Geige streicht,
Oder um die Abendröte
Zwecklos bläst auf einer Flöte.
Und ich hege die Vermutung,
Dass auch der Posaune Tutung
Manchem wohl bei Tag und Nacht
Keine grosse Freude macht.
Dieser schlägt mit viel Gebimbel
Grausamlich das Klavezimbel,
Jener aber, gnadenlos,
Kneift das Cello — Gott ist gross!
Seine Langmut ist unendlich,
Treib's der Mensch auch noch so schändlich.

Aus: TONISCHE STUDIEN

von

GUSTAV LEUTRITZ.

Dresden, L. Hoffarth 1879.

———

Von den verschiedenen Arten der Tonkunst.

Es teilt jedwede Wissenschaft
Aus Rücksicht auf die Fassungskraft
Den Stoff, den sie behandelt, fein
In so und soviel Stücke ein.
So teilt man die Musik zumal
In Vokal- und Instrumental-,
Und unterscheidet nebenbei,
Was lyrisch, was dramatisch sei.

Vom Zusammenwirken der Vokal- und Instrumentalmusik.

Vereintes Wirken beiderseits
Das hat mitunter grossen Reiz.
Dies zeigt das Oratorium,
Auch gute Opern sind nicht dumm,
Ja schon ein wohlbegleitet Lied
Ergötzt ein sinniges Gemüt.
Hingegen ist es nicht sehr schön,
Wenn Menschen auseinandergehn.

Von Melodie und Harmonie.

Einst hielt man viel auf Melodie,
Jetzunder geht's auch ohne sie;
Die Harmonie jedoch zeigt heut
Mehr Ueppig- als Gelehrsamkeit.
Im Uebrigen hilft, geht's mal schief,
Aus aller Not das Leitmotiv,
Aufatmet auch der Hörer froh,
Er weiss nunmehr sogleich, woso.

Vom Gesangskünstler.

Dem Sänger hilft zu Renommee
Das hohe oder tiefe C,
Hat er noch Schule ausserdem,
So ist das nicht unangenehm.
Die Sängerin, wenn jung und schön,
Lässt auch die Schule übersehn,
Und wenn ihr 'mal etwas passiert,
Sagt man: sie ist nicht disponiert.

Vom Pianisten.

Dem Pianisten stets verleiht
Viel Ruhm Aplomb und Fertigkeit.
Ihm wohnen in der Fingerspitz'
Empfindung, Ausdruck, Geist und Witz,
Und was so ganz unmenschlich schwer,
Spielt aus dem blossen Kopfe er.
Verlässt ihn das Gedächtnis 'mal:
Getreu bleibt immer das Pedal.

Vom Zuhörer.

> Wer ein Konzert besuchen will,
> Sei pünktlich da und sitze still,
> Tret' auch den Takt nicht voll Gefühl,
> Und lass' unnützes Fächerspiel,
> Und steh' nicht auf und lauf' nicht fort,
> Bevor verklang der Schlussaccord.
> Wer dazu sich nicht kann verstehn,
> Der mag zur Wachtparade gehn.

Von der Hausmusik.

> Wohnt nahe dir ein Musikus,
> Der sich natürlich üben muss,
> So trag' geduldig deine Qual,
> Der Himmel lohnt dir's wohl einmal.
> Doch wenn ein blosser Dilettant
> Sich quält und dich aus Rand und Band,
> Dann mach' auch du Musik im Haus,
> Da zieht vielleicht der and're aus.

KAPUZINERPREDIGT

von

CARL MARIA von WEBER.

Aus dem unvollendeten Roman „Tonkünstlers Leben",
begonnen 1809. *)

[Das Kapitel schildert eine Gesellschaft, in der ein Kunstgespräch
folgende Wendung nimmt:]

Weit schädlicher jetzt einwirkend ist aber der aus Süden
herüberwehende Rossinische Sirokkowind, dessen Glut aber
bald ausbrennen wird; denn wenn auch der Tarantelstich die
Leute zum Tanzen bringt, so sinken sie doch bald erschöpft
und dann geheilt nieder.

In diesem Augenblicke fiel der am Pianoforte sitzende
und zuhörende Klaviermeister mit der Tarantella in rasendem
Tempo ein, welcher er, geschickt und höchst witzig parodierend,
Di tanti palpiti zur Ergötzlichkeit der ganzen Gesellschaft
zu verweben wusste. Mit taschenspielerischer Fertigkeit hatte
Diehl seinen braunen Mantel umgeworfen, den Kragen zur
Kapuze gestaltet, und unterbrach nun den Jubel, von einem
Stuhle auf die Versammelten herab donnernd:

Heisa, Juchheisa! Dudeldumdei!
Das geht ja toll her, bin nicht dabei.

---

*) Hier nach dem ziemlich selten gewordenen ersten Druck, der unter
dem Titel „Bruchstücke aus: Tonkünstlers Leben. Eine Arabeske von
Carl Maria von Weber" in der von Friedrich KIND herausgegebenen
Monatschrift „Die Muse" Band 1. Leipzig 1821 erschien. Der Abdruck
in Webers hinterlassenen Schriften hrsg. v. Th. HELL (1827), auf den
auch die späteren Ausgaben zurückgehen, zeigt mehrfache Ab-
weichungen, meist Verschlechterungen des Textes; so ist dort z. B,
die auf HÄNDEL bezügliche Zeile ganz ausgefallen.

Ist das eine Art Komponisten?
Seid ihr Türken, seid ihr noch Melodisten?
Treibt man so mit der Tonkunst Spott, ,
Als hätte der alte Musengott
Das Chiragra, könnte nicht dreinschlagen?
Ist jetzt die Zeit der Orchesterplagen,
Mit Pikkelflöten und Trommelschlagen?
Ihr steht nicht hier und legt die Hände in Schoss,
Die Kriegsfurie ist in den Tönen los,
Das Bollwerk des reinen Sangs ist gefallen,
Italien ist in des Feindes Krallen,
Weil der Komponist liegt[1]) im Bequemen,
Höhnt die Natur, lässt sich's wenig grämen,
Kümmert sich mehr um den KNALL, als den SCHALL,
Pflegt lieber die NARRHEIT, als die WAHRHEIT,
Hetzt die Hörer lieber toll im Gehirn,
Hat das HONORAR lieber, als das HONORIER'N.
Die Kunstfreunde trauern in Sack und Asche,
Der Direkteur füllt sich nur die Tasche.
Der KONTRAPUNKT ist worden zu einem KUNTERBUNT,
Die LERNENDEN sind ausgelassene LÄRMENDE,
Die MELODIEN sind verwandelt in MALADIEN,
Und allen gesegneten klass'schen Genuss
Verkehrt man uns in Knallädibus.
Woher kommt das? das will ich euch verkünden:
Das schreibt sich her von vielen Applaudiersünden,
Von dem Geschrei und Bravogeben,
Dem jetzt die Publikumer leben.
Wenn freche Passag' macht den Magnetstein,
Der den Applaus zieht in die Oper 'nein,
Auf den Laufer, gut oder übel,
Folgt das Gepatsch, wie die Thrän' auf die Zwiebel.

---

1) Im Original steht, wohl durch ein Versehen: liest.

Hinter dem Esel kommt gleich der Schwanz,
Das ist 'ne alte Kunstobservanz.
Es ist ein Gebot, du sollst den alten
Und reinen Satz nicht unnütz halten,
Und wo hört man ihn mehr blasphemieren,
Als jetzt in den allerneusten Tonquartieren?
Wenn man für jede Oktav und Quint,
Die man in euren Partituren find't,
Die Glocken müsst' läuten im Lande umher,
Es wär' bald kein Glöckner zu finden mehr.
Und wenn euch¹) für jeden falschen Accent,
Der aus eurer ungewaschnen Feder rennt,
Ein Härlein ausging aus eurem Schopf,
Über Nacht wär' er geschoren glatt,
Und wär' er so dick, als Absalons Zopf.
Der HÄNDEL war doch wohl ein Kunstmagnat,
Der GLUCK schrieb doch wohl auch mit Effekt,
Der MOZART hat auch, glaub' ich, Neues geheckt,
Und wo steht denn geschrieben zu lesen,
Dass sie so unwissende Kerle gewesen?
Braucht man der Tint' doch, ich sollte meinen,
Nicht grössern Aufwand zu reinen Sätzen,
Als zu unreinen Gemeinplätzen!
Aber wessen das Gefäss ist gefüllt,
Davon es sprudelt und überquillt.
Wieder ein Gebot ist: Du sollt nicht stehlen!
Ja, das befolgt ihr nach dem Wort,
Denn ihr tragt alles offen fort.
Vor euren Klauen und Geiersgriffen,
Vor euren Praktiken und bösen Kniffen
Ist die Not' nicht sicher in der Zeil,
Find't die Melodie und der Bass kein Heil,

---

¹) Im Original: auch. Die Hellsche Lesart euch ist hier vorzuziehen.

Ihr schiesst mit deutschem und fränkischem Pfeil.
Was sagt der Prediger? Contenti estote,
Begnügt euch mit eurem Kletzerbrote!¹)
Aber wie soll man die Schreiber fassen,
Kommt doch das Ärgernis aus den Massen!
Wie das Publikum, so das Haupt;
Weiss doch niemand, an was das glaubt.

FELIX. Halt, uns Komponisten mag der Herr schimpfen,
Das Publikum soll er uns nicht verunglimpfen!

DIEHL (vom Stuhle springend). Und ihr mir meinen Rossini
nicht! Glaubt ihr, weil ich seine zahllosen Schwächen kenne,
ich liebte ihn darum weniger? Nein, ich lobe mir meinen
liebenswürdigen ungezogenen Jungen, l'enfant chéri de la
fortune. Seht, wie reizend er das Gemach durchstürmt, wie
witzig glühende Funken aus seinen Augen sprühen, welche
liebliche, herrliche, würzige Blümlein er jenen Damen in den
Schoss wirft! Was schadet es denn, wenn er in der Eile
einen alten Herrn auf die Zehen tritt, eine Tasse zerbricht,
oder gar den grossen Spiegel zerschlägt, der die Natur so
herrlich wiederstrahlt? Man verzeiht dem losen Jungen, nimmt
ihn liebkosend auf den Arm, in welchen er wohl, gleich wieder
lustig übermütig, einen Biss versucht, dann entlaufend, an
der Schule vorbei, und die armen Kameraden auslachend, die
darin schwitzen, und vom Publikum höchstens mit Kartoffeln
gefüttert werden, indes er Marzipan knabbert.

Ich fürchte mich vor nichts, als vor der Zeit, wo er an-
fangen wird, klug werden zu wollen, und der Himmel gebe
der gaukelnden Libelle einen gnädigen Blumentod, ehe sie
bei dem Versuche, zur Biene werden zu wollen, als gehasste
Wespe inkommodiert!

---

¹) Eine Art Roggenbrot, worin des Mehls wenig, desto mehr aber
Rosinen und Mandeln sind. (Anmerkung Webers.)

TO BE OR NOT TO BE.

Paraphrase von

HECTOR BERLIOZ. [1])

Aus „A travers chants". — Deutsch von H. S.

Sein oder Nichtsein, das ist hier die Frage: Ob's edler
im Gemüt, die elenden Opern, lächerlichen Konzerte, mittelmässigen Virtuosen und toll gewordenen Komponisten zu
erdulden, oder sich waffnend gegen diese See von Plagen,
durch Widerstand sie enden? Sterben — schlafen — nichts
weiter! — und zu wissen, dass der Schlaf das Ohrzerreissen,
Herz- und Hirnweh endet, die tausend Stösse, die die Aus-
übung der Kritik unserem Kopfe und unseren Sinnen ver-
setzt! — 'S ist ein Ziel, aufs innigste zu wünschen. —
Sterben — schlafen — Schlafen! Vielleicht das Alpdrücken
bekommen! — Ja, da liegt's: Was in dem Schlaf für Träume
quälen mögen, in diesem Todesschlaf, wenn wir den Drang
des Ird'schen abgeschüttelt, was für närrische Theorien wir
werden prüfen, was für misstönende Partituren hören, was
für Dummköpfe loben, was für Beleidigungen gegen die
Meisterwerke mit ansehen müssen, was für Unsinn wird ge-
predigt, was für Windmühlen werden für Riesen gehalten
werden?

Das zwingt uns stillzustehn. Das ist die Rücksicht, die
die Artikel so zahlreich werden und die Elenden, die sie
schreiben, zu hohen Jahren kommen lässt.

Denn wer erträg' auch den Verkehr mit einer sinnlosen
Welt, das Schauspiel ihres Wahnsinns, den Dünkel und das
Dunkel in ihren Köpfen, ihr ungerechtes Richten, die eisige

---

1) Der Name des Verfassers lautet Berlioss, mit kurzem o und
scharfem s.

Gleichgültigkeit der Regierenden? Wer liesse sich herum-
wirbeln von dem Windhauche der unedelsten Leidenschaften,
der armseligsten Interessen, die sich als Liebe zur Kunst
ausgeben, wer erniedrigte sich zur ernsthaften Erörterung
des Abgeschmackten, wer wäre Soldat und lehrte seinen
Feldherrn kommandieren, wäre Reisender und führte seinen
Führer, der sich trotzdem verirrt, — wenn ein Fläschchen
Chloroform oder eine stahlgepanzerte Kugel genügte, um
sich dieser demütigenden Arbeit zu entziehen? Wer sähe
ergeben zu, wie in dieser Erdenwelt Verzweiflung aus Hoffnung wird, Ermüdung aus Unthätigkeit, Zorn aus Geduld
— wär' nicht die Furcht vor etwas Schlimmerem nach dem
Tod — das unbekannte Land, aus dessen Bezirk noch kein
Kritiker wiederkehrte? . . . Das ist's, was den Willen irrt
und verwirrt . . .

Aha, man kann nicht einmal ein paar Minuten seinen
Gedanken nachhängen; da kommt die junge Sängerin Ophelia, mit einem Klavierauszuge bewaffnet und ihr Gesicht zu
einem Lächeln verzerrend.

Was wollen Sie von mir? Komplimente, nicht wahr?
immer und immer.

Nein, mein Prinz; ich hab' von euch noch einen Klavier-
auszug, den ich schon längst begehrt zurückzugeben. Ich
bitt' euch, nehmt ihn jetzo.

Nein, ich nicht; ich gab euch niemals 'was.

Mein Prinz, ihr wisst gar wohl, ihr gabt ihn mir, und
liebenswürd'ge Worte noch dazu, die des Geschenkes Wert
erhöhten. Nehmt es zurück, denn edlerem Gemüte verarmt
die Gabe mit des Gebers Güte. Hier, gnäd'ger Herr.

Ha, ha! Ihr habt Gemüt?

Gnädiger Herr?

Und seid eine Sängerin?

Was meint Eure Hoheit?

Dass, wenn Ihr Gemüt habt und Sängerin seid, euer Gemüt keinen Verkehr mit eurem Gesange pflegen muss.

Könnte der Gesang wohl besseren Umgang haben als mit dem Gemüt?

Weit gefehlt; denn die Macht eines Talents wie das eurige wird eher die edelsten Regungen des Gemütes verderben, als das Gemüt das Trachten des Talents adeln wird. Dies war ehedem paradox, aber nun bestätigt es die Zeit. Ich bewunderte euch einst.

In der That, mein Prinz, Ihr machtet mich's glauben.

Ihr hättet mir nicht glauben sollen. Meine Bewunderung war nicht ehrlich.

Umsomehr wurde ich betrogen.

Geh' in ein Kloster. Was ist dein Ehrgeiz? Ein berühmter Name, viel Geld, der Beifall der Thoren, ein Gatte mit schönem Titel, der Name Herzogin. Ja, ja, sie träumen alle davon, einen Prinzen zu heiraten. Warum wolltest du ein Geschlecht von Blödsinnigen zur Welt bringen?

O hilf ihm, güt'ger Himmel!

Wenn du heiratest, so gebe ich dir diese trostlose Wahrheit zur Aussteuer: eine Künstlerin sei so kalt wie Eis, so rein wie Schnee, sie wird der Verleumdung nicht entgehen. Geh' in ein Kloster. Leb' wohl; oder willst du durchaus heiraten, so nimm einen Kretin, das ist das beste, was du thun kannst; denn gescheite Männer wissen allzugut, welche Qualen ihr ihnen bereitet. In ein Kloster! geh! und das schleunig. Leb' wohl.

Himmlische Mächte, stellt ihn wieder her!

Ich weiss auch mit all' eurer koketten Singerei Bescheid, mit euren lächerlichen Ansprüchen, eurer dummen Eitelkeit. Gott hat euch eine Stimme gegeben, und ihr macht euch eine andere daraus. Man vertraut euch ein Meisterwerk an, ihr entstellt es, ihr ändert seinen Charakter, ihr putzt es mit elenden Verzierungen auf, ihr macht freche Kürzungen, bringt ungehörige Läufe, lächerliche Arpeggien, lustige Triller an; ihr beleidigt den Meister, die Leute von Geschmack, die Kunst, den gesunden Menschenverstand. Geht mir! Nichts weiter davon. In ein Kloster! in ein Kloster! (ab).

Die junge Ophelia hat nicht so ganz Unrecht, Hamlet hat wohl ein wenig den Verstand verloren. Aber in unserer musikalischen Welt, wo augenblicklich alle vollständig verrückt sind, wird es weiter nicht auffallen. Ausserdem hat er lichte Augenblicke, der arme Dänenprinz; er ist nur toll bei Nord-Nord-West; wenn der Wind südlich ist, kann er ganz gut einen Kirchturm von einem Laternenpfahl unterscheiden.

Aus: GESPRÄCHE IM HIMMEL
von
PAUL HEYSE.

Cosmopolis Vol. 7. Berlin, Rosenbaum & Hart 1897.

Ein MALER und ein MUSIKER.

MALER.

Was zieht Ihr so ein kraus Gesicht?
Will's Euch so wenig hier behagen?

MUSIKER.

Hm, nicht zum besten, muss ich sagen,
Allein auch Ihr scheint mir der Frohste nicht.

MALER.

Ja ich — wie könnt' es anders sein?
Mir ist durchaus nicht himmlisch wohl,
Wie man im Paradies sich fühlen soll.
Auf Schritt und Tritt zu meiner Pein
Begegnen mir seraphische Gestalten
In präraffaelitisch langen Falten
Und mit echt goldnem Heil'genschein.
Im Leben war ich, müsst Ihr wissen,
Ganz andrer Anschauung beflissen,
Hielt all das Holde für überlebt,
Wie es die alten Meister malten,
Und war mit heft'gem Fleiss bestrebt,
Heil'ge Historien und Legenden
Ins platt Natürliche zu wenden.

Auch unsern Herren Jesus Christ,
Die Jungfrau selbst, die ihn gebar,
Stellt' ich recht kümmerlich und hässlich dar,
Wie das denn heut' im Schwange ist.
Nun bin ich gleich am ersten Tag
Der Mutter Gottes hier begegnet,
Mit allem Himmelsreiz gesegnet,
Nicht wie ich sie zu malen pflag;
Verging in Scham und Reue schier,
Da ich so lieblich sie erschaute,
Den Sohn so huldvoll neben ihr,
Aus dessen mildem Auge blaute
Ein ewig strahlender Azur,
Vom Proletarier keine Spur.
Erschüttert sank ich in die Knie
Und stammelte: Gelobt sei'st du, Marie!
Und da es leider nun hier oben
Nicht Pinsel und Palette giebt,
Kann ich die Umkehr nicht erproben.
Ihr aber, Freund, wenn's Euch beliebt,
Könnt nach wie vor Euch Eurer Kunst erfreuen,
So etwa als Kapellenmeister,
Als regens chori sel'ger Geister,
Und habt nichts weiter zu bereuen.

MUSIKER.

O Bester, darin irrt Ihr sehr.
Ich war als Komponist bisher
Der neuesten Richtung zugethan,
Denn des Bayreuther Meisters Wahn
Drang innerst mir in Mark und Blut,
Verschmähte stets mit wahrer Wut
Die Einfalt süsser Melodie,

Thät nur nach Dissonanzen trachten,
Bel canto ungemein verachten,
Und hier — der Sphärenharmonie
Ganz zu geschweigen — diese Chöre
Der Engel, die ich täglich höre,
Erst wünscht' ich sie zu allen Teufeln,
Doch nach und nach — 's ist zum Verzweifeln —
Bestrickten sie so süss mein Ohr,
Ich kam mir selbst recht kläglich vor
Und schalt mich einen Renegaten,
Dass meinen Meister ich verraten.
Ja, dass ich's nur gesteh':
Vorhin in Palestrina's Art
Summt' ich wahrhaftig in den Bart
Ein Miserere mei, Domine!

MIT DER MUSI, DA KONST MAL'N GNUA!

Von
HEINRICH FRIED.

Aus der Neuen Musikzeitung 1882.

„Mit der Musi", sagt ma, „konst koa Bild net mal'n."
Des is richti, und i will a gar net prahl'n;
Wan's a koa Bild net is, horch' nur a weni zua:
Mit der Musi, da konst malen gnua!

Mit der Musi malst koan Berg net, des is wahr,
Und koa Thal net, und koan See, so blau und klar,
Malst koan Wald, koa Dörfl und koa Kirch derzua —
Mit der Musi malst die SONNTAGSRUAH.

Mit der Musi freili, da malst koan Altar
Und koa Engerl mit dem gold'nen Lockenhaar
Und koa Christuskinderl und koan Heiland net —
Mit der Musi aber malst 's GEBET.

Schau', der Maler malt a Kammerl und a Wieg'n,
Und a Kinderl a, des sicht ma drinna lieg'n, —
Und sei Muatter, die ko' ihr net schaua g'nua —
Mit der Musi malst die LIAB' derzua.

Schau', der Maler malt an schönen Ahornbaam
Und a Häuserl derneb'n, als wie in Traam,
Und hervorn, da winkt a Muatterl mit der Hand —
Aber 's HOAMWEH malt der Musikant.

Mit der Farb', da malst a Fahnerl weiss und blau
Und an Löwen d'rin, der hat a fuchtig's G'schau;
Des bewacht mit seiner Bix a frischer Bua —
Mit der Musi malst die SCHNEID derzua!

APHORISMEN

von

HANS SCHMITT.

Aus dem „Klavierlehrer", hrsg. von Prof. E. Breslaur, 1895.

Bei der Beurteilung eines Werkes kommt es oft darauf an, ob der Recensent dem Autor wohl will oder nicht. Widerfährt es z. B. einem Komponisten, dass er in eine Aehnlichkeit mit einer Komposition von Bach verfällt, so schreibt der übelwollende Kritiker: „Das hat er von Bach gestohlen." Will der Kritiker aber dem Komponisten wohl, so schreibt er: „Bach hat prophetisch auf ihn hingewiesen."

Stumme Klaviere giebt es, aber stumme Klavierspielerinnen müssen erst erfunden werden.

Als das dauerhafteste „Schnabelleder" der Klaviere gilt das aus amerikanischem Hirschleder verfertigte. Noch dauerhafter wäre das Schnabelleder der Mädchen.

Könnte man nur einen Polizeimann nach dem unausgeforschten Rütli schicken, auf dem die Schüler die gemeinsamen Fehler vereinbaren und beschwören.

Vorsichtige Leute setzen grossen Toten Monumente aufs Grab, damit sie schwerer herauskönnen.

Wenn die Not am grössten, ist das Pedal am nächsten.

Nicht nur in der Musik, oft auch im Leben gelten hohle Köpfe mehr als die andern.

Wer es nicht glauben will, dass das Klavier das schwerste Instrument ist, der frage nur die Klavierträger.

––––––

Wenn einmal eine Naturgeschichte der Musiker geschrieben wird, dann kommen die Virtuosen unter die Wiederkäuer.

VOM LIEDERSINGENDEN GOTT.
Von
HEINRICH SIMON.

Aus dem „Klavierlehrer" 1890.

––––––

Sind dem verehrten Leser die folgenden Sätze bekannt?

„Wie wenig gehört zum Glücke! Der Ton eines Dudelsacks. — Ohne Musik wäre das Leben ein Irrtum. Der Deutsche denkt sich selbst Gott liedersingend."

Das Citat stand vor kurzem in der Vossischen Zeitung als Einleitung eines Konzertberichts. Der Kritiker war durch die Konzertflut des eben vergangenen Winters im allgemeinen und durch das Auftreten einiger unberufenen Klavierspieler im besonderen zu dem Wunsche gelangt, das Leben möchte ein Irrtum sein. Ich will nicht untersuchen, ob er recht hat, auch nicht, ob der Ton eines Dudelsacks wirklich glücklich macht; ich möchte fast glauben, dass die Fälle häufiger sind, wo er die entgegengesetzte Wirkung hervorbringt. Meine Aufmerksamkeit fesselte vor allem der letzte jener drei Sätze: „Der Deutsche denkt sich selbst Gott liedersingend." Die hergebrachte Anschauung der Deutschen ist das ja nun sicherlich nicht. Wir hören zwar manchmal die Englein im Himmel pfeifen, und unter ganz besonders

günstigen Umständen hängt uns der Himmel voller Geigen
— allein damit sind unsere Kenntnisse von der Sphären-
musik wohl so ziemlich erschöpft, und dass der liebe Gott
im Himmel selber Lieder singt, ist jedenfalls neu. Aber,
wie ist mir denn? Dämmert mir nicht aus meiner Kinderzeit
eine Erinnerung herauf, wonach ich diese Vorstellung selber
einmal gehabt habe? Und vom Deutschen war doch auch
dabei die Rede — — — Richtig, ich hab's:

> Soweit die deutsche Zunge klingt
> Und Gott im Himmel Lieder singt

— so weit reicht nach Vater ARNDT des Deutschen Vater-
land, und ich habe mir als Knabe wirklich den lieben Gott
vorgestellt, wie er prächtig dasitzt und seine himmlischen
Lieder singt und mit seinem glänzenden goldenen Stabe den
Takt dazu schlägt, und das kam mir sehr festlich und ehr-
furchtgebietend vor. Aber freilich, damals wusste ich noch
nicht den Nominativ vom Dativ zu unterscheiden, und erst
später bin ich um die prosaische Erkenntnis, dass in jenem
Verse die deutsche Zunge das Subjekt und Gott das Objekt
ist, reicher und um eine Illusion ärmer geworden.

Der Verfasser unseres Citats dagegen scheint sich diese
Illusion in die Jahre hinübergerettet zu haben, wo man seine
Gedanken drucken lässt. In der That bin ich überzeugt,
dass seinem Satze vom liedersingenden Gott der Deutschen
nichts anderes zu Grunde liegt, als jenes Missverständnis,
bin davon überzeugt, obgleich der Verfasser kein Geringerer
ist als — Friedrich NIETZSCHE. Die Worte stehen in der
„Götzen-Dämmerung" als Nummer 33 des Kapitels „Sprüche
und Pfeile."

Aus häufiger Erfahrung an mir und anderen weiss ich,
wie lange falsche Vorstellungen und Begriffe, die wir uns
als Kinder gebildet haben, in uns festsitzen, bis ein Zufall
uns plötzlich ihre Verkehrtheit zeigt. Ich könnte merk-

würdige Beispiele anführen, fürchtete ich nicht, die Geduld des Lesers über Gebühr in Anspruch zu nehmen. Immerhin schien es mir nicht uninteressant, solchen Fall bei einem so scharfsinnigen Denker wie NIETZSCHE nachzuweisen.

EIN- UND ZWEIZEILER

von

JULIUS STETTENHEIM.

Aus: Tausend Ein- und Zweizeiler. Berlin, Freund & Jeckel 1896.

———

Man kann die meisten Librettisten nicht schlimmer kritisieren, als indem man ihnen ihren eigenen Text liest.

———

Die meisten Operetten-Partituren werden mit Kopiertinte geschrieben.

———

Singe, wem Gesang gegeben! sagte der auf dem Feuer stehende Theekessel.

———

Es giebt Kritiker, die in allen Sätteln ungerecht sind.

———

Der wahre Musikfreund wird wünschen, dass in jedem Hause ein Klavier fehle.

———

Der Zigeuner mag noch so diebisch veranlagt sein, Operetten komponiert er denn doch nicht.

———

Wenn der musikalische Dilettant Rücksicht übte, wie wenig Klavier würde er üben!

Für manche Konzerte ist es gut, dass die Thüren während der Musik geschlossen bleiben. Das Hinauslaufen störte doch sehr.

———

Ein Künstler ist mehr wert als ein Tausendkünstler.

———

„Wo man singt, da lass Dich ruhig nieder", sagt SEUME. Er ärgerte sich gewiss in der Oper über die Spätkommenden.

———

Musik-Dilettanten gleichen den Heuschrecken darin, dass sie mit den Flügeln Geräusch hervorbringen.

———

Konzertgeben ist seliger als Nehmen.

———

Wer doch dem klavierspielenden Dilettanten den Flügel stutzen könnte!

———

Es giebt Pianisten, welche nicht zu hören schon der Mühe wert ist.

———

Auch auf Klavieren und Geigen wird Blechmusik hervorgebracht.

———

Es giebt Kritiker, welche wohl feil sind, aber nicht wohlfeil.

THEORETISCHES.

KURZE ERKLÄRUNGEN MUSIKALISCHER AUSDRÜCKE
von einem
MISSVERGNÜGTEN MUSIKER.

Aus dem „Klavierlehrer" 1895. [Auszug.]

MELODIE. Ein veralteter Begriff.

HARMONIE. Diejenige Empfindung, die zwischen zwei an demselben Theater angestellten Primadonnen besteht.

VERMINDERTER SEPTIMENACCORD. Ein Accord, mit dem man aus einer Tonart in die andere moduliert, wenn kein leichterer Weg zu finden ist.

PARALLELE QUINTEN. Ein Kunstgriff, den die Komponisten anwenden, um ihre Gleichgültigkeit gegen die grammatikalischen Regeln zu zeigen und Kritiker und Musikgelehrte zu ärgern.

RHYTHMUS. Eine Anzahl von Accenten, je stärker je besser, die absichtlich auf unbetonte Taktteile gesetzt werden, so dass niemand merken kann, wann der Takt beginnt oder schliesst.

MODULATION. Die Kunst, in einer Tonart zu beginnen, geschickt durch alle verschiedenen Tonarten zu gehen und zur ersten zurückzukehren, ohne dass man es gewahr wird.

Verweilt ein Stück so lange in einer Tonart, dass der Hörer imstande ist, sie seinem Gedächtnis einzuprägen, so taugt die Modulation nichts.

TREMOLO. Ein orchestraler Kunstgriff, der oft bei Begleitungen angewendet wird, wenn man kein anderes bequemes Hilfsmittel zur Hand hat. Das Tremolo ist imstande, alle natürlichen und übernatürlichen Ideen auszudrücken, seien es himmlische, irdische oder teuflische, je nachdem es in den höchsten Lagen, im Mittelregister oder im Bass auftritt. Wird es von der menschlichen Stimme ausgeführt, so ist es gewöhnlich der Ausdruck für Furcht, oder auch die Unfähigkeit, auf andere Art zu singen.

CRESCENDO. Schneller.

DIMINUENDO. Langsamer.

ALLEGRO. In Italien, so schnell wie möglich; in Deutschland, gemässigt; in England, ohne jede Eile.

KOMPOSITION. Die Kunst, die musikalischen Ideen anderer in sich aufzunehmen und sie derart wiederzugeben, dass man sie selbst kaum wiedererkennt, geschweige denn ein anderer.

A CAPELLA-GESANG. Ein mehrstimmiger, unbegleiteter Gesang, der in einer bestimmten Tonart beginnend, gewöhnlich einen halben Ton, oder auch mehr, tiefer endet.

ÜBER DIE FUGE.

Aus Prof. KALAUERS Musiklexikon.

FUGEN werden am besten alt gekauft, vor neueren Nachahmungen wird gewarnt. Im Ganzen nur für Kenner.

Will man als solcher erscheinen, so sehe man beim Vortrag
einer Fuge ernsthaft und womöglich sehr aufmerksam aus.
Bei einiger Uebung merkt man auch die Eintritte des
Themas, und es macht einen sehr gelehrten Eindruck, wenn
man dann jedesmal mit dem Kopfe nickt. Jedoch hüte man
sich hier vor Uebertreibung, da beständiges Nicken während
der Musik verdächtig ist. Die Oratorien-Komponisten be-
dienen sich sehr wirksam der Fuge am Schlusse ihrer Werke,
um dem Publikum rechtzeitig das Zeichen zum Aufbruch
nach der Garderobe zu geben. Hiernach bedarf es keiner
weiteren Erklärung, dass das Wort Fuge von dem lateinischen
fuga, Flucht, herstammt.

ITALIENISCHE MUSIK.
Instrumentation.
Von
KARL MARIA von WEBER.

Oboi coi Flauti, Clarinetti coi Oboi, Flauti coi Violini.
Fagotti col Basso. Violino 2do col Primo. Viola col Basso.
Voce ad Libitum. Violini colla parte.

HARMLOSE
MUSIKALISCHE ABC-SPRÜCHLEIN
von
M. M.

Aus: Musikalische Mixtur. Annaberg, H. Graser [1880].
[Auszug.]

Bassnoten lernen fällt oft schwer,
Banknoten zählen weniger.

Der Cantor singt mit starkem Tone,
Gar viel Cantaten sind nicht ohne.

Der Hände braucht man beim Klavier
Gewöhnlich zwei, manchmal auch vier.

Aus Lämmerdärmen macht man Saiten,
Die manchmal Lust, oft Schmerz bereiten.

Höchst leis heisst pianissimo,
Das merke dir und pauk' nicht so!

Zum Scherz sollst du kein Tierchen quälen,
Mach' auch nicht Quintenparallelen!

Musik bringt Rührung oft zustande,
Das Rindvieh lebt meist auf dem Lande.

Singe, wem Gesang gegeben,
Und wem nicht, der schweige eben.

Mit X giebt's in Musik allein
Ein einzig's Wort nur: „Xangverein."

GESCHICHTLICHES.

ÜBER EINIGE BERÜHMTE MUSIKER.

Aus Prof. KALAUERS Musiklexikon.
3. Auflage. Berlin, Ries und Erler 1896.

BACH, Johann Sebastian, verdankt seinen Ruf hauptsächlich dem glücklichen Zufall, dass er den Auftrag erhielt, zu einer berühmten Gounodschen Melodie die Begleitung zu schreiben. In unbegreiflicher Selbstüberschätzung gab er letztere ohne die Melodie als sogenanntes Präludium mit anderen Stücken zusammen unter dem Titel „Wohltemperiertes Klavier" heraus, fand aber bei den Verehrern des „Ave Maria" wenig Absatz. — Seine „Passionen" gelten als nobel, mit Ausnahme der Lukas-Passion. — Er hinterliess zahlreiche Söhne, welche gleichfalls Bach hiessen.

CZERNY, Karl, ein Mann von boshafter Gemütsart, der keine kleinen Kinder leiden konnte und deshalb beständig Etüden schrieb. Seit seinem im Jahre 1857 erfolgten Tode ist man mit der Zählung dieser Etüden beschäftigt, aber noch nicht damit fertig geworden. Diese fabelhafte Fruchtbarkeit erklärt sich nur durch seine unglaubliche Fingerfertigkeit in der Komposition. Natürlich sind fast alle seine Noten nach oben gestrichen, da er stets Hals über Kopf arbeitete.

HAYDN, MOZART und BEETHOVEN bilden die sogenannten Klassiker. Man erkennt sie daran, dass sie länger
als dreissig Jahre tot sind. Infolgedessen haben ihre Kom-
positionen den ungemeinen Vorzug, in den wohlfeilen Ausgaben zu erscheinen und werden von Vätern, die an den
Musikunterricht ihrer Sprösslinge nicht viel wenden können,
nach Billigkeit geschätzt. Diese Freude wird nur dadurch
beeinträchtigt, dass die Klassiker eine unbezwingliche Neigung hatten, überwiegend Sonaten und Sinfonien zu schreiben.

Einige Epigonen, wie MENDELSSOHN, CHOPIN, SCHU-
MANN haben den Klassikern den Kniff, länger als drei
Jahrzehnte tot zu sein, abgeguckt und sind also gleichfalls
sehr billig. Man nennt sie zur Unterscheidung von jenen
Romantiker.

ROSSINI, Gioachino, weltbekannt durch seine von spru-
delnder Heiterkeit erfüllten Kirchen-Kompositionen, deren
lustigste das bekannte „Stabat mater" ist. Einer ernsteren
Richtung gehören seine Opern an, von denen „der Barbier"
den meisten Erfolg gehabt hat. Dieser Undankbare —
Figaro heisst er — bestellte trotzdem die Musik zu seiner
Hochzeit nicht bei Rossini, sondern bei Mozart.

SCHUBERT, Franz, der Komponist des berühmten
„Schubert-Albums", für hohe, mittlere und tiefe Stimme.
Sein op. 1 „der Erlkönig" zeigt bereits ein ganz nettes
Talent. Von seinen späteren Liedern sind mehrere sehr
populär geworden. So dasjenige, welches die hübsche Episode
behandelt, wie ein unglückseliges Weib seinen Liebhaber in
der Nähe eines einsamen Fischerhauses mittels einiger
Thränen vergiftet. Auch trifft man in Gesellschaften häufig
einen wenig stimmbegabten „Wanderer", der, durch Schubert
in Musik gesetzt, versichert, er käme vom Gebirge her und
uns zu überzeugen weiss, dass dort, wo er nicht sei, das
Glück wohne. — Was Schuberts Instrumental-Kompositionen

betrifft, so wird es für alle Zeiten erstaunlich bleiben, wie
er in einem so kurzen Leben so ausserordentlich lange Sätze
schreiben konnte.

VERDIS TROUBADOUR
von
EDUARD HANSLICK.

Aus der „Modernen Oper". Berlin, A. Hofmann & Co. 1876.

Das Libretto, der modernen spanischen Bühne entlehnt,
behandelt eine ebenso grässliche als dunkle Begebenheit.
Aus der Naturgeschichte ist es zwar bekannt, dass die
Zigeuner mit einer unauslöschlichen Neigung behaftet sind,
kleine Kinder mit Muttermalen zu stehlen, an denen sie
meistens im fünften Akt von vornehmen Eltern wiedererkannt
und requiriert werden. Der Trovatore bringt dies aber viel
komplizierter und unverständlicher. Ein alter Haushof-
meister singt gleich anfangs zu einer Mazurkamelodie eine
Geschichte von ausgesuchter Grässlichkeit, in welche eine
Zigeunerin samt einigen gestohlenen und verbrannten Kindern bedenklich verwickelt ist. Die alte Azucena (eine
Uebersetzung der unausstehlichen Fides ins Zigeunerische)
eröffnet ihrerseits den zweiten Akt mit einer ähnlichen Er-
zählung (in traurigem Walzerton) von einem verbrannten
und nicht assekurierten kleinen Kinde, welches sie nicht
gestohlen hat, während ein anderes kleines Kind, welches
sie gestohlen hat, nicht verbrannt ist, oder umgekehrt. Im
dritten Akt erscheint wieder der alte Kastellan mit seinem
riesigen Gedächtnis für Mazurken und gestohlene Kinder und
erkennt sogleich die alte Zigeunerin als eine Person, die

ihm in sehr ungebührlichen Verhältnissen zu verbrannten
und gestohlenen Kindern zu stehen scheint. Sie wird —
was wir aus musikalischen Gründen nicht missbilligen können
— zum Scheiterhaufen verurteilt. Welcher aber von den
beiden Rittern, der mit der Tenor- oder der mit der Bariton-
lage, das gestohlene und verbrannte Kind gewesen, wird
wohl nie ergründet werden.

IM LÖWENGARTEN[1])

von

PETER CORNELIUS.

Gedichte. Leipzig, Kahnt Nachf. 1890.

In Trauer ist heute das ganze Orchester,
Denn der Meister, seine treue Schar verlässt er.
Die ersten Geigen
Die Köpfe neigen
Und schweigen.
Die zweiten Violinen
Sekundieren ihnen
Mit betäubten Mienen;

---

1) Nach dem Theaterskandal, der im Dezember 1858 Cornelius'
„Barbier von Bagdad" zu Falle brachte, legte LISZT bekanntlich die
Leitung der Weimarer Oper nieder. Vermutlich war es bei dieser
Gelegenheit, dass König Franz im „Löwengarten" noch einmal mit
seinen Getreuen vom Orchester und Chor beim Mahle sass und Cor-
nelius den hier abgedruckten Trinkspruch ausbrachte.

Die Violen
Seufzen ganz unverhohlen
Oder weinen verstohlen.
Die Violoncelle
Summen eine piangendo-Stelle
Aus einem Trauermarsch-Ritornelle;
Auch die Contrabässe
Fühlen auf den Wangen die Blässe,
In den Augen die Nässe,
Kurz das ganze Quartett
Trauert um die Wett'.
Und auch die Bläser
Betauen des Löwengartens Sand und Gräser,
Die beiden Flöten
Sind in grossen Nöten,
Das Piccolo
Ist nimmer froh,
Den Oboen
Ist alle Lust entflohen,
Die Klarinetten
Sind gefangen in Trauerketten,
Den beiden Fagotts
Ist das Herz schwer wie'n Klotz,
Auch die Männer vom Bleche,
Fühlen grosse Nervenschwäche,
Die beiden Trompeten
Sind ganz betreten,
Die vier Hörner
Drückt's aufs Herz wie Leichdörner;
Keine Posaune
Ist guter Laune,
Und im Wintergarten sitzt traurig die Tube
Wie Daniel in der Löwengrube.

Selbst die Panke, mit umflorten Klöpfeln,
Fühlt im Aug' ein gewisses Tröpfeln,
Und das ewig Weibliche, die Harfenistin,
Schielt aus der Ferne traurig nach Liszt hin.
Der Triangel
Fühlt Freudenmangel,
Der edle Tam-Tammer
Fühlt grossen Jammer,
Die türkischen Becken
Fasst panischer Schrecken,
Und die grosse und kleine Drumm
Sehen traurig im Kreis herum.
Auch die Sänger vom Chor
Tragen ums Herz einen Trauerflor,
Den ersten Tenoren
Ging aller gute Humor verloren,
Und die Tenori secundi
Klagen wie über das finis mundi.
Die Bässe, die ersten,
Fühlen Schmerz, den schwersten,
Und gar die tiefen Bässe noch
Seufzen alle im tiefen „Doch.“[1])
Der Calcant macht den Beschluss,
Er denkt: „'s ist halt eine harte Nuss,
Dass mich der Max verlassen muss.“
So sitzen Chor und Orchester stumm
Im Löwengarten um Liszt herum,
Wo sie von ihrem Tonkunstfürsten
Geladen sind zu Bier und Würsten.
Doch dass dem Meister ein Hoch man bringe,
Wird alles guter Dinge;

---

1) Das tiefe F Sarastros bei der Stelle: Zur Liebe kann ich dich
nicht zwingen, Doch geb' ich dir die Freiheit nicht.

Da sieht man die ersten Geigen
Vom Sitz aufsteigen
Und ihm sich neigen,
Da werden die Violini secundi
Auf einmal wieder ganz jucundi,
Die Violen machen sich auf die Sohlen
Und lassen ein volles Glas sich holen;
Die Violoncelle
Ermannen sich schnelle
Und schöpfen noch einen aus Lethes Quelle;
Die Contrabassisten
Füllen das Glas für Liszten,
Da sieht man die Flöten
Vor Lust erröten.
Das Piccolo
Schreit Jubilo,
Die Oboen
Jauchzen und halloen,
Die beiden Fagotte
Sind gern beim Komplotte,
Alle Bläser
Ergreifen die Gläser,
Die Herren vom Bleche
Vermehren die Zeche,
Es ruft die Trompete
Nach frischem Methe,
Es rufen die Herren vom Horn:
Da capo! Noch einmal von vorn!
Es dröhnt die Tube:
Noch ein Seidel, Bube!
Da sieht man mit Staunen
Den Durst der Posaunen,
Die türkischen Becken

Lassen sich's schmecken,
Der Tamm-Tamm
Saugt wie ein Schwamm,
Triangel, grand und petit tambour,
Alles trinkt mit in der grossen Tour.
Die Sänger vom Chor
Heben's Glas empor,
Da ist zu hören
Von allen Tenören,
Von Bass und Bariton
Ein Jubelton.
Und Bläser und Streicher
Und Trommler und Geiger,
Violen, Violini,
Oboen und Klarini,
Triangel und Zinken,
Zur Rechten, zur Linken,
Pauke sammt Schlägel und Felle,
Posaunen und Violoncelle,
Und Terzflötist und Fagottist,
Und Klarinettist und Kontrabassist,
Und jeder Hornist und jeder Chorist,
Und auch der Kalkant als guter Christ,
Und was nur vom Chor und Orchester ist,
Ruft aus einem Munde: „Hoch lebe Liszt!"

PROPHETISCHER MUSIK-KALENDER

von

HANS VON BÜLOW.

Briefe, Bd. 3. Leipzig: Breitkopf & Härtel 1898.

Bülow schlug im Juli 1859 Richard Pohl und Hans von Bronsart vor, einen musikalischen Kladderadatsch-Kalender mit satirischen Aufsätzen, musikalischen Parodien, Bildern und Anekdoten herauszugeben. Das Kalendarium sollte „musikalische Prophezeiungen auf jeden Tag im Jahr" enthalten — „natürlich lauter Unsinn, doch nur als Mantel für Malice". Zur Probe entwarf er den Januar und Februar, aus denen hier diejenigen Nummern ausgewählt sind, die auch heute noch erheitern und (bis auf wenige) verständlich sind, ohne dass man — mit Marie von Bülow zu reden — dem „leichtbeschwingten Schmetterlingsvolk der Einfälle Gewichte von Erläuterungen anzuhängen" braucht. Kleine Schreibfehler des Originals sind hier stillschweigend verbessert.

JANUAR.

1. Kapellmeister Taubert fasst den Entschluss, dem musikalischen Fortschritte Rechnung zu tragen und komponiert infolgedessen einen Schluss zur Ouverture von Mozarts „Entführung", womit die erste diesjährige Sinfoniesoirée der Berliner Kapelle eingeweiht werden soll.

2. Gleiche Gelüste zeigen sich in Dresden bei einem alten Kapellmeister[1]) der sich jedoch begnügt, seinen Schlafrock flicken zu lassen.

3. Rellstab wütet gegen die Verirrung der ersten Takte von Beethovens C dur-Sinfonie und warnt junge Komponisten vor dergleichen Excentricitäten.

4. Richard Wagner an die Stelle Flotows zum Theaterintendanten von Schwerin berufen. Aus Mangel an Musse

---

1) Carl August Krebs (1804—1880), Hofkapellmeister in Dresden.

ersucht er seinen Vorgänger, die letzten Akte der Nibelungen
fertig zu komponieren.

5. An diesem Tage vergisst A. Dreyschock, das Weber-
sche Konzertstück und Mendelssohns G moll-Konzert zu üben.

6. Er ist so bestürzt über diese Nachlässigkeit, dass er
Weber aus G und Mendelssohn aus F spielt.

8. Gumbert wird erster Hofkapellmeister, da Taubert infolge seiner destruktiven musikalischen Tendenzen (vide 1.
Januar) sich nicht länger halten kann.

9. Er sucht sich aufs neue der Kinderliederlichkeit zu
ergeben.

14. An diesem Tage schreiben weder Lassen noch Bronsart einen übermässigen Dreiklang nieder.

16. Gewandhauskonzert, in welchem David das Joachim-
sche und Moscheles das Lisztsche Konzert spielen.

17. Die Schumannianer geben in Opposition zu Berlioz
eine neue Instrumentationsleere heraus.

18. Spohr ko(m)p(on)iert seine achte Sinfonie unbe-
wussterweise noch einmal.

20. Vorgefallener schlechter Witzeleien halber sieht sich
Kapellmeister Schindelmeisser[1]) genötigt, seinen Namen zu
ändern. Avis à l'immortalité!

21. Die Konditoren Kölns ersuchen Ferdinand Hiller, eine
neue Frühlingssinfonie zu schreiben, damit der Eisvorrat noch
nicht so bald erschöpft werde.

22. Taubert setzt seine Macbeth-Musik unter den Text
von Wagners Lohengrin.

25. In Dresden macht man die Entdeckung, dass Emil
Naumann nicht der Enkel, sondern vielmehr der Grossvater
des berühmten alten Naumann ist.

---

1) Louis Schindelmeisser, Hofkapellmeister in Darmstadt, † 1864.

3*

26. Dorn reist nach Weimar, um seinen harten Anschlag im Klavierspiel korrigieren zu lassen.

27. Unterdessen ist jedoch Liszt nach Leipzig gereist, um bei Riccius[1]) im Dirigieren Unterricht zu nehmen.

29. Anfrage an die Berliner Singakademie: „Wozu Grau'n erwecken?"[2])

FEBRUAR.

1. Giacomo bemerkt mit Entsetzen, dass er nicht mehr der wahre „Jakob" der modernen Oper ist.

2. Der durch den Vortrag des Lisztschen Klavierkonzertes (vide Januar) kompromittierte Professor Moscheles soll durch Charles Voss am Leipziger Konservatorium ersetzt werden.

4. Charles Voss hat abgelehnt. Man unterhandelt mit Ferdinand Beyer.

6. Ferdinand Beyer bedauert. Man schreibt an Theodor Oesten.

8. Oesten dankt für Leipzig. Man wendet sich an Frédéric Burgmüller.

9. Das Prager Konservatorium schafft einen neuen Kittel[3]) an.

11. Frédéric Burgmüller will nichts wissen. Telegramm an Ferdinand Burgmüller[4]) in Hamburg.

12. Adresse des Telegramms unbestellbar. Durch Schuberths Gefälligkeit erlangt man die Aufklärung, dass Ferdinand Burgmüller eine mythische Person, ein antischottisches[4]) Verlegerprodukt sei.

---

1) August Ferdinand Riccius (1819—86), damals Kapellmeister des Leipziger Stadttheaters.

2) Anspielung auf die alljährlich sich wiederholenden Aufführungen von K. H. Grauns Oratorium: „Der Tod Jesu." (Anm. d. Orig.)

3) Kittl, 20 Jahre lang Direktor des Prager Konservatoriums. (Anm. d. Orig.)

4) Frédéric und Ferdinand Burgmüller, Komponisten seichter Klavierstücke; des ersteren Verleger war Schott in Mainz.

18. Der Hausmusiker Riehl kauft sich einen Leierkasten und avanciert zum Hofmusiker.

18. Taubert exiliert sich nach der Schweiz in der Hoffnung, auf diesem Wege noch ein berühmter Opernkomponist zu werden.

19. Die Leipziger Klavierschule droht einzugehen. Da erklärt sich Herr Pfundt[1]) bereit, die Leitung weiter zu übernehmen.

20. Erscheinen des hundertsiebenundachtzigsten Trios von Reissiger.

25. In München neu einstudiert: Die schnelle Katharine von Cornaro. — Musik von Lach'nur!

26. Gumbert fragt „die Sterne, ob sie ihn lieben?" Antwort: Roter Adlerorden vierter Klasse.

27. Der Dräsner Dohnginstlerfrein vierd heide Mohzard's Särenahde auhf.

29. Fr. Wieck schimpft an diesem Tage nicht über Weimar. Gerechte Besorgnis der Familie. — etc.

---

1) Der berühmte Pauker des Leipziger Gewandhausorchesters.

WIDMUNGSVERSE
von
RICHARD WAGNER.

Mit den nachstehenden Versen widmete Wagner 1873 dem ihm damals noch treu anhängenden Friedrich Nietzsche ein Exemplar seiner Gesammelten Schriften. Vgl. Elis. Förster-Nietzsche, Das Leben Friedrich Nietzsche's. II, 1. Leipz. 1897.

Was ich, mit Not gesammelt,
Neun Bänden eingerammelt,
was darin spricht und stammelt,
was geht, steht oder bammelt, —

Schwert, Stock und Pritzsche,
kurz, was im Verlag von Fritzsche
schrei', lärm' oder quietzsche,
das schenk' ich meinem Nietzsche, —
wär's ihm zu 'was nütze!

Baireuth.   Richard Wagner.
Allerseelentag 1873.

Aus dem „FALL WAGNER"

von

FRIEDRICH NIETZSCHE.

Leipzig, C. G. Naumann 1895.

Wagner hat über nichts so tief wie über die Erlösung
nachgedacht: seine Oper ist die Oper der Erlösung. — Irgend
wer will bei ihm immer erlöst sein: bald ein Männlein, bald
ein Fräulein — dies ist sein Problem. — Und wie reich er
sein Leitmotiv variiert! Welche seltenen, welche tiefsinnigen
Ausweichungen! Wer lehrte es uns, wenn nicht Wagner,
dass die Unschuld mit Vorliebe interessante Sünder erlöst?
(der Fall im Tannhäuser). Oder dass selbst der ewige Jude
erlöst wird, sesshaft wird, wenn er sich verheiratet? (der
Fall im Fliegenden Holländer). Oder dass alte verdorbene
Frauenzimmer es vorziehen, von keuschen Jünglingen erlöst
zu werden? (der Fall Kundry). Oder dass junge Hysterische
am liebsten durch ihren Arzt erlöst werden? (der Fall im
Lohengrin). Oder dass schöne Mädchen am liebsten durch
einen Ritter erlöst werden, der Wagnerianer ist? (der Fall
in den Meistersingern). Oder dass auch verheiratete Frauen
gerne durch einen Ritter erlöst werden? (der Fall Isoldens)·
Oder dass „der alte Gott", nachdem er sich moralisch in
jedem Betracht kompromittiert hat, endlich durch einen Frei-
geist und Immoralisten erlöst wird? (Der Fall im „Ring")·
Bewundern Sie in Sonderheit diesen letzten Tiefsinn! Verstehn Sie ihn? Ich — hüte mich, ihn zu verstehn . . . Dass
man noch andre Lehren aus den genannten Werken ziehen
kann, möchte ich eher beweisen als bestreiten. Dass man
durch ein Wagnerisches Ballet zur Verzweiflung gebracht
werden kann — und zur Tugend! (nochmals der Fall Tann-

häuser). Dass es von den schlimmsten Folgen sein kann,
wenn man nicht zur rechten Zeit zu Bett geht (nochmals
der Fall Lohengrin). Dass man nie zu genau wissen soll,
mit wem man sich eigentlich verheiratet (zum drittenmal
der Fall Lohengrins). — Tristan und Isolde verherrlichen
den vollkommnen Ehegatten, der, in einem gewissen Falle,
nur Eine Frage hat: „aber warum habt ihr mir das nicht
eher gesagt? Nichts einfacher als das!" Antwort:

> „Das kann ich dir nicht sagen;
> und was du frägst,
> das kannst du nie erfahren."

Der Lohengrin enthält eine feierliche In-Acht-Erklärung
des Forschens und Fragens. Wagner vertritt damit den
christlichen Begriff „du sollst und musst glauben." Es ist
ein Vorbrechen am Höchsten, am Heiligsten, wissenschaftlich
zu sein... Der fliegende Holländer predigt die erhabene
Lehre, dass das Weib auch den Unstätesten festmacht,
Wagnerisch geredet, „erlöst". Hier gestatten wir uns eine
Frage. Gesetzt nämlich, dies wäre wahr, wäre es damit
auch schon wünschenswert? — Was wird aus dem „ewigen
Juden", den ein Weib anbetet und festmacht? Er hört
bloss auf, ewig zu sein; er verheiratet sich, er geht uns
nichts mehr an. — Ins Wirkliche übersetzt: die Gefahr der
Künstler, der Genies — und das sind ja die „ewigen Juden"
— liegt im Weibe: die anbetenden Weiber sind ihr Ver-
derb. Fast keiner hat Charakter genug, um nicht verdorben
— „erlöst" zu werden, wenn er sich als Gott behandelt
fühlt: — er kondescendiert alsbald zum Weibe.

TRISTAN UND ISOLDE
von
JULIUS STETTENHEIM.
Aus den Berliner Wespen 1876.

***

VOR DEM OPERNHAUS.

PUBLIKUM, von Billethändlern übers Ohr gehauen.

Wie man uns festspielbauernfängt!
Ist es nicht zum Erbarmen?
Zu Tristan und Isolde drängt
Doch Alles! Ach, wir Armen!

VEREIN BERLINER KÜNSTLER.

Wir hätten gern gebaut ein stattlich Haus,
Doch will der Wunsch sich nicht in That verwandeln,
Für Wagner rückt man Tausende herans,
Wir müssen betteln und mit Loosen handeln.

MENSCHENKENNER.

Wer zu den Menschen kommt im Frack,
Bringt niemals sie aus ihrer Ruhe,
Behandelt sie jedoch wie Pack,
Gleich kommen sie und wichsen euch die Schuhe.

LAIE.

Ich bin kein Kenner und ich will
Von der Musik nur Freude und Vergnügen,
Bezaubert sie mich nicht, so bin ich still.

RUFE VON ALLEN SEITEN.

Sie werden heut die schönsten Keile kriegen!

DER JUDE.

    Andächtig hör' ich heut im Opernhaus,
    Die Oper Wagners mir wie jeder Christ an:
    Wirft vorn man mich zum Lohengrin hinaus,
    So komm' ich hinten wieder 'rein in Tristan.

MUCKENICH.

    Parterre: Vier Mark. Jedoch für zwei Mark bloss
    Kann ick 'nen Platz für andre Opern koofen,
    Da sieht man's: Wagner is noch 'mal so jross
    Als wie zum Beispiel Mozart und Beethoven.

SPITZEN-GARNITUR.

—

    Fünf Stunden mich ergeben
    In euren Meistergesang?
    Verzeiht! Kurz ist das Leben,
    Und d i e s e Kunst — zu lang.

               PAUL HEYSE, Spruchbüchlein.

—

    Keine Musik für Spieluhren passender wie die Wagnersche:
in kleinen Dosen macht sie sich am besten.

—

    Wagner gleicht Beethoven? — Mit Verlaub,
    Ein Unterschied bleibt, ein schwerer:
    Bei Beethoven war der Musiker taub,
    Bei Wagner werden's die Hörer.

               OSKAR BLUMENTHAL.

Hat einer den Opern-Unsinn vernichtet —
Dran that er recht.
Doch hat er selbst Festspiele gedichtet —
Und das war schlecht!

BAUERNFELD.

———

... Siegfried naht; ihm wird von Gutrune der Trank des Vergessens gereicht, der Brünhilds Erinnerung aus seiner Seele tilgt. Brünhilde kann er vergessen, aber leider nicht das einzige Lied, das er auf dem Horn gelernt hat, und das jedesmal erklingt, wenn er persönlich oder geistig der Handlung naht.

———

... Das Pferd Grane ist ebenfalls schon der Gegenstand der öffentlichen Aufmerksamkeit geworden; es ist über dasselbe mehr geschrieben, als über manchen talentvollen Künstler, als über manchen bedeutenden Gelehrten. Nun haben wir es endlich gesehen, dieses gute Pferd; militärfromm wie ein Lamm, traurig wie ein ausrangiertes Generalpferd, das das Gnadenbrot frisst und nun der Leiche seines Herrn folgt. Und dieses gute Tier wird mit dem wilden Rufe, mit den unbändigen Trillern der Walküre angejauchzt:

Hojotoho! Hojotoho!
Heiaha! Heiaha!
Hahei! Hahei! Heiaha!

Es klingt angesichts dieses braven Tieres wie der reine Hohn. Wir sind nach Bayreuth gekommen, um endlich einmal ein „Hojotohoh-Pferd" zu sehen. Und was haben wir gesehen? Das richtige Hottehüh-Pferd!

PAUL LINDAU, Nüchterne Briefe
aus Bayreuth. Breslau 1876.

DÄRF I GEIG'NA?

von

JULIUS BAUER.

Nach den „Signalen für die musikalische Welt."
Parodie auf das bekannte Lied „Därf i 's Diandl liab'n?"
Johann Strauss zu Ehren gesungen.

Heut' vor fünfzig Lenzen
Schanis Augen glänzen:
„Muatta, därf i geig'na?"
   „Untersteh' di nit vor'm Vater Strauss —
   Wann du geig'na willst, thu's ausser'm Haus!"

Schani voll Verlanga
Is zum Lanner ganga:
„Sag'n S', därf i geig'na?"
   „Schau, dass d' weiterkummst, du dummer Bua
   I hab' eh' schon an deinem Alten gnua!"

Strauss war jetzt in Nöten,
Hat sein Vater'n 'beten:
„Vater, därf i geig'na?"
   „Dummer Schlankel" schreit er in sein Zurn,
   „Willst mein' Stecken kosten, so kannst es thurn."

Wusst nix anzufanga —
Is zum Herrgott ganga:
„Herrgott, därf i geig'na?"
   „Ei, ja freili," sagt er und hat g'lacht,
   „Z'weg'n die Sträusse hab' i d' Geig'n g'macht!"

IMPROMPTU

von

OTTO SOMMERSTORFF.

Wenn ich ein Vöglein wär',
Hätte zwei Flügelein,
Flög' ich zu dir.
Wäre ich Rubinstein,
Hätt' nur ein Flügelein,
Spielt' ich Klavier.

KUTSCHER UND SÄNGER

von

OSKAR BLUMENTHAL.

Von der Bank der Spötter. Berlin, Freund & Jeckel 1884.

Das ist ein Glücksfall, ein rarer!
Wie wenigen wohl geläng' er?
Zuerst ein singender Fahrer —
Und nun ein fahrender Sänger!

KOMPONISTEN, VIRTUOSEN, KONZERTE.

DIE MUSIKANTEN UND IHRE RASSEN

von

R. KIETSCHKE.

Aus der Neuen Musikzeitung 1882. [Auszug.]

Das Musikantenreich zerfällt in sieben Rassen mit ihren verschiedenen Gattungen und Unterabteilungen und bietet die eigentümliche Erscheinung, dass die Gattung Männchen bei weitem häufiger ist als die der Weibchen, weshalb letztere auch sehr gesucht und geliebt werden.

Die Namen der Rassen sind:

1. Komponierer; 2. Dirigierer; 3. Klavierer; 4. Streicher; 5. Holzbläser; 6. Blechbläser und 7. Schläger. — — —

RASSE 3. Klavierer. — Diese Rasse ist wuchernd wie Unkraut und Schlingpflanzen. Die gütige Natur scheint ihnen eine natürliche Uniform verliehen zu haben: alle tragen glattes, langes Haar, dessen Zipfel moderner Weise nach vorn hängen, um während der Pause hinters Ohr gestrichen zu werden. Finger sehr lang, Fussspitzen aufwärts gebogen vom unablässigen Pedaltreten. Leben: in Salons Frack und Glacé-Handschuhe, Thee stark mit Rum; Charakter: Du lieber Gott! Lieblingstonart: Des dur.

RASSE 4. Streicher. — Im allgemeinen ist diese Rasse etwas zurückhaltender, als die vorige, da ihre Majorität meistens im Orchester beschäftigt ist, weshalb sie auch weit praktischer denken. An der linken Hand des Geigenstreichers sind die Nägel abgekaut; helle Westen mit offenem Schnitt, heruntergeklappte Vatermörder. In ihrer linken Rocktasche ist häufig ein brillantes seidenes Taschentuch zu finden, um Finger und Saiten zu putzen und abzutrocknen. Die Geigenstreicher sind meist fein im Umgangston, haben etwas Bescheidenes, aber auch Bestimmtes in ihrem Wesen. Selten korpulent.

Die Bratschenstreicher sind Sonderlinge, etwas kritisch und mehr schweigsam als gesprächig. Die seidenen Taschentücher hören hier schon wieder auf, weil Solovorträge nicht vorkommen, und im Orchester thun's bunte baumwollene auch. Sie nähren zu Fagottbläsern eine geheime, innige aber unausgesprochene Sympathie.

Die Violoncellisten haben Empfindung, Elegie, Noblesse, Ruhe. Um den geschlossen gehaltenen Mund zeigt sich beim Solospielen ein gewisser edler Zug; ihr Bart ist glatt und sauber gehalten. Ueberhaupt hat das Cello Einfluss auf seinen Mann. Die Cellisten fassen meist subjektiv auf, sind bescheiden und selbstbewusst. Dunkle Weste und saubere Manschetten.

Die Kontrabass-Streicher sind meistenteils gross, muskulös, säulenhaft, statuenartig gewachsen. Ihre Fäuste sind erschrecklich schlicht, aber dauerhaft. Kleidung u. a.: Rock, Stiefel und Handschuhe. Sie sind charakterfest und geradezu eifersüchtig auf Tubas, sie streichen nicht viel, aber langsam, fest und derb. Sie schnupfen stark und zwar mit dem Cellisten aus einer Dose. Ihr Händedruck ist eine Erinnerung aus der letzten Scene des Don Juan, dem Gouverneur entlehnt. Sie fühlen sich als Stütze des Orchesters, reden aber nicht darüber, jedoch sagen sie dem Dirigenten unumwunden eine Grobheit, weil sie wohl wissen, er muss sie zu Freunden haben.

Die ganze Reihe der Streicher trägt in einer rechten Tasche ein Stück Kolophonium.

RASSE 6. Blechbläser. — Sie sind untersetzter Natur, ziemlich kräftig gebaut, ohne geistige Schönheit, mehr fleischig als knochig, haben alle einen Hang zum Sichgehenlassen. Sie trinken viel Bier, schieben Kegel, rauchen und schnupfen sehr stark.

Die Hornisten sind noch am tieffühlendsten, schwärmen für das Naturhorn, blasen jedoch lieber auf dem Ventilhorn, schimpfen durchgängig auf die neuen Komponisten, weil sie die Hörner so schwierig setzen, haben beim Solo regelmässig keinen Ansatz, schütteln dann beim Misslingen selbst kritisierend mit dem Kopfe und drücken gleich den andern Blasrassen beim Blasen die Augen zusammen.

RASSE 7. Schläger. — Diese Rasse sieht am nichtssagendsten aus, den Paukenschläger ausgenommen, der stets einen gutgepflegten kleinen Schnurrbart und grosse Intelligenz besitzt und es liebt, dass man ihm zusieht beim Pauken. Meyerbeer und Berlioz schätzt er wegen ihrer Pauken-Ideen und seine Felle liebt er wie Kinder. Die vielen Umstimmungen sind ein geheimer Gram für alle Pauker. Die Pauker sind vielleicht die mit dem grössten Unrecht verkannten Musiker; es giebt wenig Klavierer, die mit so viel Seele pauken, wie die Pauker.

DIE PAUKE

von

GUSTAV FREYTAG.

Aus: Soll und Haben. Bd 1. Leipzig, S. Hirzel.

„Treiben Sie Musik?" frug Rosalie.

„Kaum darf ich das zugeben," erwiederte Fink verbind-
lich. „Ich klimpere ein wenig auf dem Flügel herum, und
wenn ich zu singen versuche, meide ich Menschenwohnungen.
Aber ich stehe zur Musik in dem Verhältnis eines unglück-
lichen Liebhabers. Ich habe ein Instrument, das ich schwär-
merisch verehre, und ich würde viel darum geben, wenn ich
imstande wäre dasselbe mit Meisterschaft zu spielen."

„Die Violine?" frug Rosalie.

„Vergebung, die Pauke. Ich frage Sie, was heisst spielen
auf den anderen Instrumenten? Es ist ein ewiges unruhiges
Umherrasen von der Höhe zur Tiefe und wieder umgekehrt,
eine ungemütliche Anstrengung in allen möglichen Schnellig-
keiten, Triolen, Trillern, Tremolos und wie die Quälereien
alle heissen. Nur selten erscheint eine lange, dicke, ruhige
Note, ein solider Ton, welcher aushallt und nicht von der
nächsten Note seinen Fusstritt bekommt. Nehmen Sie dagegen den Ton der Pauke. Welche Kraft, welche Feierlich-
keit und welche Wirkung! Und erst der Glückliche, dem
ein solches Instrument anvertraut wird! Man sagt den übrigen
Virtuosen nach, dass sie reizbar und empfindlich sind, der
Pauker wird ein Held, ein grosser Charakter, er bekommt
eine Weltanschauung, wie sie nur auf dem erhabensten
Standpunkt möglich ist. Er pausiert, dreissig, fünfzig Takte,
unterdess rennt und quiekt das Volk der übrigen Töne durch-
einander, wie die Mäuse, wenn die Katze nicht zu Hause

ist. Er allein steht in einsamer Grösse, scheinbar mit nichts beschäftigt, er nimmt vielleicht eine Prise oder sucht sich lächelnd die schönsten Damen im Zuhörerraum. Aber innerlich denkt er: 27, wartet nur, ihr ruppiges Notengesindel, 28, ich werde euch sogleich eins auf den Kopf geben, 29, diese Geige wird naseweis, 30, bum! er schlägt auf, und die andern Instrumente fahren aufgeregt zusammen, sie fühlen die Sprache ihres Herrn und Meisters, und alle Zuhörer atmen tief auf, dass grosse Wort ist gesprochen."

KOMPONISTENLEIDEN

von

FELIX MENDELSSOHN-BARTHOLDY.

Gelegentlich eines Maskenscherzes 1826 entstanden. Vgl. „Ueber Land und Meer" 1873, Nr. 36.

———

Schreibt der Komponiste ernst,
Schläfert er uns ein;
Schreibt der Komponiste froh,
Ist er zu gemein;
Schreibt der Komponiste lang,
Ist es zum Erbarmen;
Schreibt der Komponiste kurz,
Kann man nicht erwarmen.
Schreibt ein Komponiste klar,
Ist's ein armer Tropf;

Schreibt ein Komponiste tief,
Rappelt's ihm im Kopf.
Schreib' er also, wie er will,
Keinem steht es an;
Darum schreib' ein Komponist
Wie er will und kann.

DIE SEESTADT LEIPZIG UND DIE OCEAN-SINFONIE
von
ANTON RUBINSTEIN.

La Mara, Briefe hervorragender Zeitgenossen an Franz Liszt. Bd 1.
Leipzig: Breitkopf & Härtel 1895. — Original französisch.

Den 16. November 1854.

Ich komme aus dem Gewandhaus, wo meine Sinfonie ge-
gespielt wurde — ich liess Rietz dirigiren... er und David,
die hervorragendsten Orchestermitglieder, ja sogar mehrere
hiesige Komponisten, die in der Probe waren, sagten mir
einen grossen Erfolg voraus...

Endlich wird angefangen — der erste Satz wird gut
gespielt, und es wird geklatscht; der zweite geht ausgezeichnet, es wird stärker geklatscht; der dritte ist eine Wunder-
leistung, es wird sehr wenig geklatscht; beim letzten macht
das Orchester dummes Zeug, keine Hand rührt sich. —

Ich weiss also nicht, ob es ein Fiasko ist, oder ob das
Leipziger Publikum mir die Ehre anthut, mich nicht zu
verstehen...

4*

Beim Anhören meiner Sinfonie kreuzten sich in meinem
Hirn tausend Gedanken, einer immer kurioser als der andere;
hier einige Proben:

Zwiegespräch zwischen dem Publikum und der Sinfonie:

Publikum: Ocean, du Ungeheuer! wie wässerig bist du!

Sinfonie: Publikum, du musikalische Einkommensteuer,
    wie ledern bist du!

Publikum: Symphonie, que me veux-tu?

Sinfonie: Te prouver que ton Leipzig est un faux nid.[1])

Publikum: Honni soit qui mal y pense!

Sinfonie: Béni soit qui vertement te tance![2])

Ein Italiener: Che porcheria musicale!

Der Komponist (bei Seite): Se non è vero, è ben trovato....

Sinfonie (zum Publikum): To be or not to be?

        Das Publikum vertagt die Frage.

Sinfonie: E pur si muove!!! —

        etc. etc. etc.

---

1) un faux nid reimt mit symphonie.
2) wer dich derb heruntermacht.

VORCHRISTLICHE KONZERTPOLIZEI
von
HANS VON BÜLOW.

Aus der Hamburger Musikzeitung 1890.

Kennen Sie das Buch Jesus Sirach?

Nur dem Titel nach.

Wieso? Besitzen Sie keine Bibel?

Welche Frage! Natürlich.

Hm! Welche Ausgabe aber, wenn ich fragen darf?

Die der Basler Bibelgesellschaft.

Dann freilich ist Ihre Unwissenheit erklärlich. Diese anglisierten Basler Orthodoxtails sind ja die prämmiierbarsten Pharisäer. Und dabei schmähen sie noch die „Intoleranz" der katholischen Kirche, welche die „Bücher, so man Apokryphos nennt" doch wenigstens als kanonische zweiter Güte, als deuterokanonische konzessioniert. Da gebe ich Ihnen den Rat, erwerben Sie eine „ganze" Bibel (die Basler Ausgabe nennt sich allerdings unverfrorener Weise ebenfalls die „ganze heilige Schrift"), z. B. Halle, v. Cansteinsche Bibelanstalt, und lesen Sie, beherzigen, behirnigen Sie das Buch Sirach. Ein altes Testament ohne Sirach kommt mir vor, wie etwa die „Profan-Bibel", so man Göthes Faust bisweilen nennt, in der Otto Devrientschen Beschneidung. Wem fällt da nicht Heinrich Heines Lamentation in den Lobgesängen auf König Ludwig I. von Bayern mit dem Ypsilon (von wegen der Erinnerung an die selige Exilenz König Ottos von Griechenland) bei?

„Nur Luther, der Dickkopf, fehlt in Walhall!
Und es feiert ihn nicht der Walhall-Wisch;
In Naturaliensammlungen fehlt
Oft unter den Fischen der Wallfisch."

Um nun zu unserem, d. h. leider noch nicht unserem,
sondern vorläufig erst blos meinem Sirach zurückzukommen,
der eigentlich Jesus, Sohn Sirachs hiess und gegen 180 vor
unserer Zeitrechnung seine Weisheitsprüche hebräisch nieder-
schrieb, welche bald darauf ins Griechische übersetzt wurden
— das Nähere finden Sie in Dr. Hugo Riemanns Musiklexikon
— pardon! — ich wollte sagen in jedem Brockhaus, Meyer,
Pierer — so empfehle ich Ihnen dringendst täglich ein Kapitel
aus diesem goldnen Buche zum geistigen Morgentrunk. Wenn
Sie meiner Empfehlung Ihr wertes Vertrauen sofort schenken,
so werden Sie ungefähr zu des Märzen Iden auf Kapitel 32
gelangen, in welchem Vers 5 und 6 (nach anderer Einteilung
45 und 46) folgender

Avis au public!

zu lesen ist:

5. Irre die Spielleute nicht!
6. Und wenn man Lieder singt, so wasche nicht darein;
   und spare deine Weisheit bis zu anderer Zeit!

Ist diese Mahnung etwa veraltet? Zweitausend und
achtzig Jahr alt und leider noch denkbar zeitgemäss. Der
bekannte Geiger und „Konzertdirektor" John Ella in London
(geb. 1802, vor wenigen Jahren verstorben) pflegte an die
Spitze der Programme seiner Musical Union mit einer augen-
fälligen Vignette geschmückt die italienischen Worte zu
setzen: Il più grande omaggio alla musica stà nel silenzio.[1)]
Durch diese Beharrlichkeit gelang es ihm allmählich, die ge-
sellschaftlich (aber nicht künstlerisch) wohlerzogenen Abon-

---

1) Die höchste Huldigung für die Musik ist Schweigen.

nenten aus der ihn begünstigenden Aristokratie auch zu akustischem Anstande zu erziehen.

Mit der Befolgung des zweiten Gebots — die Vokalmusik betreffend — hatte er natürlich weit geringere Schwierigkeiten zu besiegen, namentlich dann nicht, wenn ein „ausgeschnittener" Sopran auf dem Podium erschien. Giebt es ja aller Orten noch heute Parkettplatzinhaber, die sich z. B. während eines „Ballets" weit ruhiger verhalten als in der „Oper" (namentlich einer klassischen) und Gleiches sogar von ihren Nachbarn verlangen. Hingegen beim ersten, dem zum Schutze der Instrumentalmusik erlassenen Gebote, war nicht leicht durchzudringen. „Irre die Spiellente nicht!" Mit wie vielerlei Torturen kann man nicht so einen armen „Spielmann" irren! Der Sänger hat's im Konzerte so viel besser: er hat sein Notenblatt vor Augen und er hat nicht zu „schwitzen". Wenn dem Spielmann jedoch das Wasser vom Haupte träufelnd die Augen, die Nase kitzelt, schliesslich sogar die Saiten oder Tasten glitschrig macht, gerät Kopf und Hand leicht in Gefahr, den Kompass zu verlieren. Ist er ferner nicht in der Lage, die Augen schliessen oder den ganzen Körper nach Umständen seitwärts wenden zu können, so hat er gegen eines der sinnverwirrendsten Phänomene einen wahrhaft erschöpfenden Kampf zu bestehen: gegen die gedankenlose (freudlos und leidlos, gedankenlos sein) Fächersprache der Damen, welche im Klavierkonzertsaale doch stets die überwiegende Mehrzahl bilden. Es giebt ebensoviele Sorten von Fächern als Fächerwedlerinnen. Wie nicht jede Nähmaschine eine „Elias Howe", so ist nicht jeder Fächer geräuschlos. Aber nicht der rauschende, klappernde Fächer — der von einer musikalisch feinfühligeren Nachbarin gelegentlich vermittelst Zuflüstern zum Schweigen gebracht wird — ist der gefährlichste. Für meine Wenigkeit ist es der schreiend bunte, der durch die Lichtreflexe zu kaleidoskopischem flackernd flammend flatternd flimmerndem Flitterglanze in der Hand seiner mehr oder minder koketten und ihren Gähnkrampf ersticken wollenden Besitzerin belebte, welcher, namentlich wenn die Bewegung in der Lieblingstaktart einer berühmten Primadonna: $^7/_{18}$ dirigiert wird, die bestregulierten Spielmannsintentionen zum Scheitern zu bringen vermag. Ja dieses „unglückselige Fächerspiel" hat mich vor einigen Abenden hier in der Singakademie beim Vortrage der fünf letzten Beethovenschen Sonaten zweimal nahezu aus dem Konzepte gebracht, im ersten und zweiten Satze von Op. 101 und wieder im ersten von Op. 106. Das vormalige Pr. Hoflakaienblatt, die Neue Pr. Zeitung hat also nicht geflunkert, wenn sie mir meine zwar recht bescheidenen aber immerhin für den Kenner allzubemerklichen „lapsus" (mehr „digitorum" als „memoriae") moniert. Und es gewährt mir keinen Trost, zu bedenken, dass mir diese Rüge von einem Organe erteilt wurde, von dem des Reichskanzlers Durchlaucht am 9. Februar 1876 im Reichstage behauptete, dass „jeder, der es hält und bezahlt, sich indirekt an der Lüge und Verleumdung, die darin gemacht wird, beteiligt." Hier lag eben leider keine Lüge, keine Verleumdung vor. Aber nicht „Altersschwäche" des Spielmanns — alte Kreuzotter — trug die Schuld, sondern die verwünschte Fächelei der Zu- und Weghörerinnen. Dieselbe würde mich sogar beim Vortrage der ersten fünf Sonaten von Clementi oder Diabelli nervös gemacht, vom Pfade der Korrektheit abgelenkt haben. Mit dieser Ergänzung zu der citierten Weisheit Jesus Sirachs, hofft sich ein kleines Verdienst um seine jüngeren Kollegen (Leidensgefährten) erworben zu haben

Berlin, ult. Januar 1890.

HANS von BÜLOW.

IM KONZERTSAAL

von

WILHELM JORDAN.

Einem Nachäffer des genialen Bülow. 1861.

Letzte Lieder, Frankfurt a. M. 1892.

———

Seufzend musst' ich jüngst gedenken,
Wie einst Felix Mendelssohnes
Anmutvoll bewegtes Stäbchen
Zauberquell schien jeden Tones.

Wie so ruhevoll den Künstlern
Er durch uns verborg'ne Zeichen
Seine Seele gab, dem Stücke
Klare Schönheit ohnegleichen.

So modern sein Scepter neulich
Schwang ein Leiter der Konzerte,
Dass der Anblick uns die Ohren
Für die Lauscherandacht sperrte.

Denn weit minder mit dem Taktstock
Wirkt' er des Orchesters Lenkung,
Als mit seines ganzen Leibes
Kautschukmännischer Verrenkung.

Wunder nahm's, dass nicht minütlich
Er das Schweisstuch aus dem Sack riss,
Dass bei solchem Turngezappel
Keine Naht in seinem Frack riss.

Aus den Aermeln in die Logen
Rechts und links zu fliegen drohte
Je ein Arm, wenn Becken, Pauke
Schmettern sollten ihre Note.

Wenn es galt ein Flüsterpiano,
Schien er mit gespreizten Fingern
Wehrend, in die Kniee knickend,
Sich zum Zwerge zu verringern.

Dann, Fortissimos entfesselnd,
Reckt' er ängstlich hoch die Pranken,
Fast als wuchtet' er herkulisch
Auf der Sintflut Schleusenplanken.

Kurz, er that, als ob er alles
Mit grotesker Sinnbild-Geste,
Statt aus Instrumenten, magisch
Aus dem eig'nen Leibe presste.

Schufen uns're grossen Meister
Ihre Suiten, Ouverturen,
Um ein Satyr-Monodrämchen
Vor dem Leitpult aufzuführen?

Wähnt er, dass es gut ihm stehe,
Wenn auch noch so wenig zieme,
Symphonien zu begleiten
Mit 'ner Solo-Pantomime?

Deckt' er sich doch unsern Blicken
Künftig zu mit dichten Flören,
Um uns edle Ohrenweide
Nicht mit Augenpein zu stören!

VOKAL- UND INSTRUMENTAL-WETTRENNEN ZUR BERLINER KONZERT-SAISON

von

RICHARD SCHMIDT-CABANIS.

Aus: Humoristisch-satirischer Krimskrams. Berlin, Freund & Jeckel
1896. [Auszug.]

HOPPESAAL, November.

Das Berliner Vokal- und Instrumental-Winter-Meeting
ist kürzlich in wahrhaft glänzender Weise eröffnet worden
Die Posaune hat nicht vergeblich — zum ersten Male heuer
— im musikalischen Newmarket zum Start gerufen; Sattel-
parkett und Tribünen waren von einem ebenso zahlreichen
wie verständnisvollen Publikum überfüllt, am Schlagbaum erschien für jedes Rennen zahlreiches, treffliches Material, und
es standen den „Unternehmern" Preise von 50 Pf. bis
10 Mark (à Person) zur Verfügung.

Das hochinteressante Programm wickelte sich in seinen
Hauptnummern wie folgt ab:

1. ERÖFFNUNGSRENNEN ZWEIJÄHRIGER WUNDER-PIANISTEN.
(„Kindertrost-Rennen.")

27 zweijährige Virtuosen in Pumphöschen gemeldet;
zwei krochen vor Konzertbeginn aus zwingenden Gründen
zurück und zahlten das volle Entree als Reugeld. Herrn
Pankmeiers blonder „Emil", der nicht ohne Aussicht auf Erfolg startete, wurde im Rennen durch den Outsider „Federigo
Fingeradi", welcher beim dritten Akkord vom Sessel stürzte,
aufgehalten und konnte nicht mehr früh genug ins Treffen
geworfen werden. Den Sieg errang Herrn Klimperbergs
schwarzbrauner „Josaphat", der vom Start an als zweiter

klavierte, dann vom siebenten Takte an die Führung nahm und nach 43 Minuten 17 Sekunden mit wehendem Mietszettel durchs Ziel stürmte.

5. VERGLEICHS-JAGDBLASEN
für Holz- und Blech-Instrumente.

Von den startenden 23 Klappentrompetern, 9 Waldhornisten, 5 Flöten-, 17 Posaunen- und 3 Fagottbläsern mussten kurz vor Beginn des „Rennens" die drei letztgenannten auf Grund zweier Lungen-Emphyseme und eines hochgradig entwickelten Asthmas von der Konkurrenz zurücktreten. Da Herrn Pansbacks Klappentrompeter „Schmetterling" ebenfalls nicht startete, war die Luft für jeden anderen Bläser frei, und es musste nach früher gezeigter Form der Posaunist „Bombardonjuan" die besten Aussichten auf den Sieg haben. Trotzdem wandte sich ihm die Gunst der Wetter-Majorität nicht zu, so dass er seinen Anhängern nur noch über drei Odds pusten konnte. Der fünfzigjährige Flöten-hengst „Trillerfips" verlor kurz vor dem Ziel drei Atem-längen und gelangte als zweiter zum Pfosten.

6. SYMPHONIEPLE-CHASE MIT HINDERNISSEN.
Grosses Orchester-Rennen.

Gemeldet: 8 Kapellen, von denen eine wegen anderweitiger Spielschulden vom Wettbewerb zurücktrat. Die erste bis siebente Beethovensche Symphonie wurden von dem gesamten Felde mit Schick und Leichtigkeit genommen. Vor der achten scheute Kapellmeister Stolperstock, überschlug sich und flog so unglücklich aus dem Andante ins Allegro, dass er mit gebrochenem Violinschlüsselbein aus der Arena getragen werden musste. Die „Neunte" wurde vom Musikdirektor Mollbetzer schlank genommen, der sodann mit $2^3/_4$ Taktlängen Vorsprung als erster durchs Ziel flog.

7. MÄNNERGESANG-VEREINSRENNEN.

Von den 39 Vollblut-Vereinen, welche teils in halb-
schnellen Kantern, teils in munteren Galoppsolfeggien an
der Barriere des Geläufs erschienen waren, trat keiner zurück.
Als Favorit startete mit 6 : 5 „Räusperich" (aus „Keuch-
husten" und „Grippenheil") mit allen Chancen des Gewinners.
Aber, nachdem er in der Distanz das „Singen" sicher zu
haben schien, wurde „Schluckauf" (aus „Salmiakslust" und
„Gurgeleia") von Basstian Touschinder noch einmal mit
aller Kraft aufgebracht und entriss „Räusperich" den Sieg
im Ziel um einen Notenkopf. Der Direktionsjockey Schrei-
deibel stürzte mit „Cravattine" so unglücklich, dass er
sich das vorgezeichnete Kreuz verrenkte.

8. SOLO-HÜRDEN-SPIELEN.

Instrumente aller Rassen und Jahrgänge zugelassen.

Am Pfosten erschienen: 13 Orgeln, 21 Harfen, 47 Schlag-
zithern und 5 Glasharmonikas — drei der letzteren zu Fahrrad.
Dies fesselnde Schluss-Rennen des musikalischen Pro-
gramms nahm insofern einen unerwarteten Ausgang, als der
siebzigjährige, weissgraue Organist „Balgloch", welcher anfangs in majestätischem Piano in den Saal pacete, plötzlich
sämtliche Register zog und — an all seinen Mitbewerbern, zuletzt
auch an dem fuchsroten Zitherjährling „Nervenspalter" und
ebenso an der Dritten („Harfenjule", 17jährig, 30½ Kilo-
gramm) fortissimo vorüberpfeifend — nach 1 Stunde 17⅜
Minuten als erster ans Ziel brummte. Totalisator: 22 : 10.
Nach beendigtem Rennen vereinigten sich sämtliche
Sieger zu einem opulenten Stimmgabelfrühstück.

IMPROMPTUS

von

ALEXANDER MOSZKOWSKI.

Aus Anton Notenquetschers Neuen Humoresken. Berlin, H. Steinitz 1893.

Man achte auf den Sprachgebrauch: wer sich nicht blamieren will, bejuble eine Primadonna nicht mit Bravo, sondern mit „Brava!" — Es giebt sogar Italianissimi in Berlin, die bei solcher Gelegenheit „Dacapa!" rufen.

Die Mehrheit der Operetten neueren Datums enthält die Lösung folgender Kunstaufgabe: humoristische und ernste Elemente so zu verbinden, dass die letzteren Heiterkeit und die ersteren Trübsinn erzeugen.

Im Konzert pflegen es die Künstler mit dem Hervorruf nicht so genau zu nehmen, wie im Theater. Wir haben es erlebt, dass ein Pianist beim Vortrag einer einzigen Bachschen Fuge ungerufen zwölfmal herauskam.

Seuchen, verheerende Brände, Ueberschwemmungen und andere Kalamitäten haben gewöhnlich Wohlthätigkeits-Konzerte im Gefolge. Es kommt eben selten ein Unglück allein.

Mascagnis „Cavalleria" ist für das Format der neuesten italienischen Opern vorbildlich geworden. Die Verfasser berechnen jetzt den Erfolg nach dem Grundsatz der modernen Artillerie: je kleiner das Kaliber, desto grösser die durchschlagende Wirkung.

DIE KONZERTFLUT.

Aus dem „Ulk."

Noch nie in den Annalen Klios
Ward aufgeführt ein gleiches Jahr:
Von soviel Solos, Duos, Trios
Bringt kein Bericht uns Kunde dar.
Von früh bis abend währt die Hämm'rung,
Der eine spielt, der andere plärrt,
Und Wagner in der „Götterdämm'rung"
Bringt selbst ein Mitternachtskonzert.

Apollo, sanfter Gott der Lieder,
O höre du den Wehgesang!
Und lasse leis verebben wieder
Der Tonflut wilden Wogendrang.
Die Notentiger — lehre du sie's,
Wie weit der Tonkunst Grenze geht . . .
Und dann Apollini et Musis
Gilt unser wärmstes Dankgebet!

KLAVIERSPIEL, GESANG.

Mit Recht erscheint uns das Klavier,
Wenn's schön poliert, als Zimmerzier.
Ob's ausserdem Genuss verschafft,
Bleibt hin und wieder zweifelhaft.

Wilh. BUSCH, Fipps, der Affe.

LEITFADEN FÜR KLAVIERSPIELER.

Aus der „Jugend." München 1897.

Das Klavier, auch „Instrument" genannt, dient zur Hervorbringung von Geräuschen, welche zur Begleitung des Gesanges, des Tanzes u. s. w. vielfach benutzt werden können. Viele spielen darauf auch zu ihrem eigenen Vergnügen, wenige nur zum Vergnügen der anderen. Seit die Damen sich dem Radfahren zugewendet haben, ist das Klavierspiel etwas aus der Mode gekommen, was allgemein nicht bedauert wird. Es giebt verschiedene Arten von Klavieren. Die ganz grossen mit einem Deckel zum Auf- und Zumachen, der bei Reinigung des Instrumentes sehr zweckmässig ist, heisst

man Flügel. Ist das dünne Ende des Flügels abgenützt, so
schneidet man es ab und nennt dann das Instrument Stutzflügel. Für Minderbemittelte werden auch Stutzflügel hergestellt, an denen von vornherein das dünne Ende fehlt.
Beliebt sind die sogenannten Pianinos, welche ganz kurz und
darum auch viel leichter zu spielen sind. Sie können selbst
von den zartesten Frauenhänden an extra dazu angebrachten
Handgriffen in der Wohnung herumgezogen werden und zwei
Männer tragen sie bequem die Treppe herauf, was 3 bis 4
Mark kostet. Je nach der verschiedenen Aufschrift auf dem
Klavierdeckel unterscheidet man Blüthner-, Bechstein-, Stein-
way- etc. Klaviere. Im Effekt bleiben sie sich aber ziemlich
gleich — höchstens bestehen gewisse Klangunterschiede. Das
Klavier sollte ebensowenig wie der Eisschrank und das
Kohlenbügeleisen in einem modernen Haushalt fehlen; nament-
lich für die Kinder bietet es eine unerschöpfliche Quelle des
Vergnügens, was allerdings die Nachbarparteien oft zum
Ausziehen veranlasst. Man unterscheidet gemietete und ge-
kaufte Klaviere; auf den ersteren spielt man mehr forte,
auf den letzteren mehr piano.

Oeffnen wir den schmalen Deckel des Klaviers, so bemerken wir die Tasten, weisse und schwarze, welche leicht
auf und nieder bewegt werden können und den Ton hervorbringen. Für das einfache, gut bürgerliche Klavierspiel genügen die weissen Tasten, die schwarzen sind mehr Deko-
ration und werden nur von künstelnden, renommistischen Spielern
häufiger benutzt. Sie haben absolut keinen schöneren Ton
als die weissen. Musikstücke, die vorwiegend auf den schwarzen
Tasten gespielt werden, sind meistens von Richard Wagner
— ausschliesslich für die schwarzen Tasten komponiert in
neuerer Zeit Richard Strauss.

Unten an dem Instrument, an Drähten hängend, befinden
sich zwei Messingtritte, die sogenannten Pedale, welche mit

5

den Füssen bewegt werden, um eine einseitige gymnastische Ausbildung der oberen Extremitäten zu verhindern. Seit der Erfindung der Nähmaschine und des oben genannten Velocipeds sind sie ziemlich überflüssig und verteuern unnötig das Instrument.

Will man aufhören zu spielen, so klappt man einfach den Deckel zu und bedeckt sein Klavier, namentlich wenn es durch längeres Spielen erhitzt ist, mit der Klavierdecke. Muster für solche Decken findet man in jedem Damenjournal. Die Hauptsache ist, dass sie warm sind.

Die Gewohnheit vieler Personen, im Innern des Instrumentes Wäsche, Steinkohlen, Flaschenbier und Esswaren aufzubewahren, ist verwerflich; namentlich die letzteren leiden durch die dumpfe Luft in dem verschlossenen Kasten. Auch beeinträchtigt die Anfüllung des Klaviers mit solchen Gegenständen leicht den Ton. Besonders gilt das von den Bierflaschen, welche klappern.

Stellt man das Instrument in feuchten Wohnungen dicht ans Fenster oder vor den Ofen, so ergeben sich nach einiger Zeit Verstimmungen, welche feineren Ohren Missbehagen bereiten sollen. Diese kann jeder leicht dadurch beheben, dass er den Stimmschlüssel an eigens zu diesem Zwecke im Innern angebrachte Bolzen ansetzt und so lange von links nach rechts dreht, bis es genug ist. Für den einfachen Hausgebrauch ist das Klavierstimmen nicht nötig und wird hier auch selten geübt.

Ausser dem Stimmschlüssel braucht man noch den eigentlichen Klavierschlüssel, welcher sehr leicht verlegt wird und dadurch den Anlass zu vielen Verdriesslichkeiten giebt, den Violinschlüssel, welcher mit der rechten, und den Bassschlüssel, welcher mit der linken Hand benutzt wird. Ordnungsliebende Klavierspieler tragen diese vier Schlüssel am besten an einem Schlüsselring.

Wünscht man des Abends zu spielen, so zündet man zwei Klavierkerzen an, wie solche in jedem grösseren Geschäft zu haben sind, weil die Hände sonst zu leicht fehlgreifen. Manche spielen beim sogenannten Phantasieren manchmal auch ohne Licht, doch bleibt dies immer eine unzuverlässige Geschichte, ein Sprung ins Dunkle. Vom Blatt sollte man nachts nie ohne Licht spielen. Bei nächtlichem Spielen empfiehlt es sich, die Fenster zu öffnen, wodurch man mehr Zuhörer gewinnt. Thut man dies aber nach 11 Uhr, so kommt die Polizei. — — —

Betrachten wir die Klaviatur näher!

Der Ton, der sich gerade vor dem Unterleib des Spielers befindet, heisst c (sprich „zeh!") Rechts davon befinden sich die leisen, links die kräftigen Töne. Gleichzeitig können von einem Spieler nicht leicht mehr als zehn Töne (Tasten) angeschlagen werden, ausser er setzt sich auf die Klaviatur. Es genügen übrigens zum Hervorbringen sehr gefälliger Melodien oft schon zwei bis drei Töne. Schlägt man drei, vier, oder gar fünf Töne gleichzeitig an, so nennt man das Accord oder Dreiklang. Derselbe kommt fast nur links vor.

Streckt man die Finger einer Hand so weit aus, als es geht, so heisst man den Abstand zwischen Daumen und Zeigefinger Oktave. Kleinere Zwischenräume nennt man Terz und Quart. Beim Klavier heisst übrigens nicht wie beim Studentengesicht die linke Seite Quart-, die rechte Terzseite. Spielt einer mit zwei Fingern so schnell, dass man sie nicht mehr sieht, so heisst man es einen Triller. Sogenannte Läufe entstehen, wenn man mit dem Daumennagel schnell von links nach rechts über die Tasten fährt. Versucht man dies auf den schwarzen Tasten, so thut es weh. — — —

Für Anfänger empfiehlt sich die Wahl eines Lehrers. Es giebt davon zu allen Preislagen. Ganz gute Lektionen

erhält man schon für fünfzig Pfennige, Klavierlehrer mit
sehr langen Haaren kosten aber auch drei Mark und mehr.
Für männliche Erwachsene empfiehlt sich die Wahl einer
Lehrerin, weil hierdurch Lust und Liebe geweckt wird.

Reichen die Mittel nicht weit, so beginne man mit dem
Selbstunterricht, denn Probieren geht über Studieren. Am
besten fängt man mit der rechten Hand an, weil diese weniger
steif ist. Hat man nach einigen Monaten die ersten Schwierigkeiten überwunden, so führe man die gleichen Uebungen mit
der linken Hand aus. Hat auch diese eine gewisse Uebung
erlangt, dann erst lege man beide Hände aufs Klavier. Zur
eigenen Aufmunterung spiele man Stücke, die leicht ins Ohr
gehen, wie den „Donauwellen-Walzer", den „Feuerzauber"
u. s. w. So schreitet man langsam vor bis zur „Letzten
Rose" und dem „Gebet einer Jungfrau".

Ueber die Kunst des Vortrages ist schon sehr viel geschrieben worden; am besten bleibt es aber doch dem Fleiss und
dem Geschmack des Schülers überlassen, das Richtige zu
treffen. Hat man mehr als zwei Zuhörer, so empfiehlt es
sich, den Klavierdeckel zu öffnen, was die Tonstärke wesent-
lich erhöht. Der Anfänger sage sich immer: Spiele laut!
Nur so überwindet er die angeborene Scheu vor dem Instrument, und die Zuhörer brauchen sich mit dem Hören nicht
so anzustrengen. Greift einer, der laut und energisch spielt,
auch einmal daneben, so meinen die Hörer, es müsse so sein
und genieren sich, wenn es ihnen nicht schön vorkommt.
Man hüte sich davor, wenn man einen Ton falsch gegriffen
hat, ihn noch einmal zu suchen — man würde die Zuhörer
dadurch nur unnötigerweise auf den begangenen Fehler aufmerksam machen.

Es giebt zwei Hauptmethoden des Klavierspiels, das
Auswendiglernen und das Spielen nach Noten.

Ersterem ist der Vorzug zu geben, weil die unpraktische
und komplizierte Notenschrift schwierig zu lesen ist, und
weil es Unbequemlichkeiten verursacht, überall, z. B. auf
Reisen, Landpartien u. s. w. Noten mitzuführen. Der Aus-
wendigspieler macht zudem stets einen besseren Eindruck
als der, welcher seine Noten sklavisch und mühsam vom
Blatte abliest. Dies hat immer etwas Dilettantisches an sich.
Klavierspieler, die mit Handschuhen ans Klavier gehen und
sie dort ausziehen, heisst man Virtuosen.

Wer trotz der angegebenen Nachteile des Verfahrens
doch nach Noten spielen will, richte beim Ankauf der Noten
(auch Musikalien genannt) sein Augenmerk darauf, dass die
Noten nicht zu dunkel sind, sondern das Weisse des Papiers
vorherrscht. Man lasse sich ja von gewissenlosen Verkäufern
nicht solche schwarze Noten anschwatzen, die auch von vor-
geschrittenen Künstlern oft nur mit Mühe gespielt werden
können. Besonders muss vor den Lisztschen Noten gewarnt
werden, deren mühevolle Bewältigung oft in gar keinem
Verhältnis zum Vergnügen der Hörer steht. Jedenfalls beginne man mit ganz hellen Noten, namentlich Volksliedern,
deren ergreifende Einfachheit stets gerühmt wird. Dann gehe
man langsam zu Polkas und Märschen über.

Ist eine Pièce für einen Spieler zu schwer oder will
man schneller damit zu Ende kommen, so entschliesst man
sich manchesmal zum Vierhändigspielen, wozu zwei Klavierspieler gehören. Im übrigen ist das Verfahren nicht sehr
zu empfehlen, denn selten sind die Charaktere der Klavierspieler so nachgiebig, dass immer eins auf das andere wartet.
Lieber nehme man sich mehr Zeit und spiele seine Pièce
allein. Damen lässt man, wie überall, so auch beim Vierhändigspielen rechts sitzen, nur Ehefrauen spielen links vom
Gatten.

Ein junger Pianist, der die oben angegebenen Lehren beherzigt, wird in Bälde sich zum tüchtigen Künstler ausgebildet haben, wenn er nur Fleiss, guten Willen und geduldige Nachbarn hat.

PICCOLO.

DIE KLAVIER-HYÄNE.

Aus dem Kladderadatsch. — Nach dem „Klavierlehrer" 1893.

Den Schumann, den Schubert, den Chopin, den Kücken
Zerfleischt sie, zerfetzt sie, zerreisst sie in Stücken;
Voll Wutgier und Blutgier verschlingt sie und frisst
Den Mendelssohn, Offenbach, Händel und Liszt;
Mit fletschenden Zähnen mordgrimmig erschnappt
Sie den Verdi, Clementi, Scharwenka, Franz Abt
Und stürzt sich blindwütig, verlechzt und verhungert
Auf Dvorak, Moszkowski, Bach, Berlioz, Bungert;
Mit furchtbaren Tatzen in grausamem Spiel
Verstümmelt sie Haydn, Raff, Lortzing und Kiel.
Kein Ruhen, kein Rasten, kein Mitleid noch Gnade,
Sie würgt Cherubini, Gluck, Jensen und Gade;
Allegro, vivace, con fuoco, con moto
Zerhämmert, zerpaukt sie, zerhackt sie den Flotow,
Den Strauss, Donizetti, Bellini, Spontini,
Den Brahms, Kalliwoda, Scarlatti, Rossini.
Sie orgelt, sie dudelt, sie klimpert und klappert,
Den Beethoven, Meyerbeer, Taubert und Tappert,
Vergiftet mein Herz mir, zerreisst mir mein Ohr

Mit Suppé, mit Saint-Saëns, Grell, Fesca und Spohr;
Wie kocht mir die Galle, wie schwillt mir die Leber,
Sie schont nicht den Mozart, sie schont nicht den Weber,
Und Siegfried und Tristan — o höllische Qual!
Fast niemals im Takte und immer Pedal!
Auszög' ich möblirter, verzweifelter Herr,
Wohnt' ich nicht drei Treppen hoch, sondern Parterre.

DER TOLL GEWORDENE FLÜGEL
von
HECTOR BERLIOZ.

Aus den Soirées de l'Orchestre. — Deutsch v. H. S.

Die Prüfungen am Konservatorium haben vorige Woche
begonnen. Am ersten Tage nahm Herr Auber, um gleichsam
den Stier bei den Hörnern zu fassen, die Klavierklassen vor.
Die unerschrockene Jury, die beauftragt war, die Preisbe-
werber zu hören, vernimmt ohne merkliche Erregung, dass
es einunddreissig an der Zahl sind, achtzehn Damen und
dreizehn Herren. Das für den Wettstreit gewählte Stück
ist das G moll-Konzert von Mendelssohn. Wenn also nicht
etwa einen der Kandidaten während der Sitzung der Schlag
rührt, so wird das Konzert einunddreissigmal hintereinander
gespielt; das weiss man. Was man aber vielleicht noch nicht
weiss, und was ich selbst vor wenigen Stunden noch nicht
wusste, da ich nicht den Wagemut hatte, dem Experiment
beizuwohnen, das hat mir heute Morgen ein Pedell des
Konservatoriums erzählt, als ich über den Hof der Anstalt
schritt.

Ach! der arme Erard! sagte er, so ein Unglück!

Erard, was ist ihm passiert?

Wie, waren Sie denn nicht in der Klavierprüfung?

Freilich nicht. Was ist denn geschehen?

Denken Sie sich nur, Herr Erard war so liebenswürdig, uns für den Tag einen prachtvollen Flügel zu leihen, den er eben fertiggestellt hatte und den er 1851 zur Weltausstellung nach London schicken wollte. Sie können sich vorstellen, dass er damit zufrieden war. Ein kolossaler Ton, noch nicht dagewesene Bässe, kurz ein aussergewöhnliches Instrument. Nur die Tasten gingen ein bischen schwer, aber gerade deswegen hatte er ihn uns geschickt. Erard ist nicht von gestern und hatte sich gesagt: wenn die 31 Schüler ihr Konzert heruntertrommeln, werden sie die Tasten meines Flügels schon aufmuntern, und das kann ihm nur gut thun. Das war schon recht, nur ahnte der arme Mann nicht, dass seine Klaviatur auf eine so fürchterliche Weise aufgemuntert werden würde. Freilich, wenn ein Konzert 31mal hintereinander an demselben Tage gespielt wird! Wer konnte denn die Folgen einer derartigen Wiederholung berechnen? Der erste Schüler erscheint also, und da er findet, dass der Flügel ziemlich schwer geht, greift er ihn kräftig an, um Ton zu ziehen. Der zweite dito. Beim dritten sträubt sich das Instrument nicht mehr so sehr; beim fünften noch weniger. Wie es der sechste gefunden hat, weiss ich nicht; in dem Augenblick, wo er auftrat, musste ich für einen unserer Herren Preisrichter, dem schlecht geworden war, ein Fläschchen Aether holen. Als ich zurückkehrte, war der siebente gerade fertig, und wie er vom Podium kam, hörte ich ihn sagen: „Der Flügel geht ja gar nicht so schwer; im Gegenteil, ich finde ihn ausgezeichnet, in jeder Hinsicht vollkommen." Die zehn bis zwölf folgenden Bewerber waren derselben Ansicht; die letzten behaupteten sogar, dass der Anschlag nicht nur nicht zu schwer, sondern vielmehr zu leicht sei.

Gegen dreiviertel auf drei Uhr waren wir bei Nr. 26 angelangt, um zehn Uhr hatte man angefangen; an der Reihe war Fräulein Hermance Lévy, der schwergehende Klaviere ein Gräuel sind. Sie konnte sich's also gar nicht besser wünschen, da sich um diese Zeit jeder beklagte, dass die Tasten schon bei der blossen Berührung ertönten; sie hat uns denn auch das Konzert so leichtfingerig heruntergespielt, dass sie glatt den ersten Preis bekam. Wenn ich sage glatt, so ist das nicht ganz richtig; sie hat ihn mit Frl. Vidal und Frl. Ronx geteilt. Auch diesen beiden Damen kam die Leichtigkeit der Klaviatur zu statten; sie fing sich schon zu bewegen an, wenn man sie bloss anhauchte. Ist jemals so ein Flügel dagewesen? Als Nr. 29 vorspielte, musste ich wieder fort, um einen Arzt zu holen; ein anderer Preisrichter bekam einen hochroten Kopf und musste notwendig zur Ader gelassen werden. Ja, die Klavierprüfung ist kein Spass! und als der Arzt kam, war es die höchste Zeit. Wie ich ins Theaterfoyer zurückkehrte,[1]) sehe ich Nr. 29, den kleinen Planté, ganz bleich von der Bühne kommen; er zitterte am ganzen Leibe und sagte: Ich weiss nicht, was mit dem Flügel ist, aber die Tasten bewegen sich ganz von selbst. Es ist, als wenn inwendig jemand sitzt, der die Hämmer anstösst. Ich fürchte mich.

Ach Unsinn, mein Junge, du redest dir 'was ein, antwortet der kleine Cohen, der drei Jahre älter ist als er. Lasst mich durch, ich fürchte mich nicht.

Cohen (Nr. 30) geht hinein; er setzt sich an den Flügel, ohne die Klaviatur anzusehen, spielt sein Konzert sehr gut,

---

[1]) Die Prüfungen finden in dem kleinen Theater des Konservatoriums statt.

und nach dem letzten Accord, wie er eben aufsteht — fängt
da nicht der Flügel ganz allein das Konzert wieder von vorn
an?! Der arme junge Mensch hatte vorher den Helden gespielt; aber jetzt, nachdem er einen Moment wie versteinert
gestanden, lief er davon, was er konnte. Der Flügel, dessen
Ton von Minute zu Minute stärker anschwillt, lässt sich nicht
stören und spielt seine Tonleitern, Triller und Arpeggien
herunter. Das Publikum, das niemand am Instrument sieht
und es zehnmal so stark wie vorher ertönen hört, gerät
überall im Saale in Bewegung; die einen lachen, die andern
fangen an sich zu ängstigen, alles ist in begreiflicher Ver-
blüffung. Nur ein Preisrichter, der hinten aus seiner Loge
die Bühne nicht sehen konnte, war der Meinung, dass Herr
Cohen das Konzert wieder von vorn angefangen hätte und
schrie sich die Lungen aus: „Genug! genug! genug! Hören
Sie doch auf! Lassen Sie Nr. 31, den letzten, kommen." Wir
mussten ihm vom Theater aus zurufen: „Es spielt niemand;
der Flügel hat sich an das Mendelssohnsche Konzert gewöhnt und trägt es ganz allein, nach seiner Auffassung, vor.
Sehen Sie doch nur." — „Da hört ja aber alles auf; das
ist ein Unfug! rufen Sie Herrn Erard her. Beeilen Sie sich;
vielleicht ist er imstande, dies schreckliche Instrument
zu bändigen." — Wir suchen Herrn Erard auf. Während
dessen wurde der infame Flügel mit seinem Konzert fertig
und fing es wieder von vorn an, ungesäumt, ohne eine
Minute zu verlieren, und so immerfort, immerfort mit immer
grösserem Lärm, als wären es vier Dutzend Klaviere im
unisono: Läufe, Tremolos, Passagen in Sexten und Terzen
mit verdoppelter Oktave, zehnstimmige Accorde, dreifache
Triller, ein Platzregen von Tönen, das Pedal, der Teufel
und seine Grossmutter.

Herr Erard erscheint; umsonst, der Flügel, der ganz von
Sinnen ist, will sich auch seiner nicht entsinnen. Er lässt

Weihwasser bringen und besprengt die Tasten damit, keine
Wirkung: ein Beweis, dass keine Zauberei im Spiele, sondern
dass es eine natürliche Folge der dreissig Wiederholungen
eines und desselben Konzertes war. Das Instrument wird
auseinandergenommen, die Klaviatur, die noch immer auf-
und niedergeht, herausgehoben und mitten auf den Hof der
Gerätkammer geworfen, wo der wütende Erard sie mit Beil-
hieben zerschlagen lässt. Leicht gesagt! Nun war's noch
schlimmer, jedes Stück tanzte, hüpfte, zappelte für sich, auf
den Pflastersteinen, zwischen unsern Beinen hindurch, an der
Mauer empor, überall, und so toll, dass endlich der Schlosser
der Gerätkammer die ganze verrückt gewordene Mechanik
zusammenraffte und sie in sein Schmiedefeuer warf, um der
Sache ein Ende zu machen. Armer Erard! So ein schönes
Instrument! Es schnitt uns allen ins Herz. Aber was war
zu machen? Es war das einzige Mittel, damit fertig zu
werden. Wie will man auch, wenn ein Konzert dreissigmal
hintereinander in demselben Saal an demselben Tage gespielt
wird, dass ein Klavier es sich nicht angewöhnen soll! Wahrhaftig, Mendelssohn kann sich nicht beklagen, dass man seine
Musik nicht spielt! Aber das kommt davon!

KÖNNEN FRAUEN
KLAVIERSTIMMERINNEN WERDEN?

Zu dieser Frage, die im Jahre 1893 Gegenstand eines Preisausschreibens war, bemerkte das „Kleine Journal":

Die Beantwortung muss entschieden zu Gunsten der Frauen ausfallen. Wenn irgendwo eine Saite verstimmt ist, so kann doch niemand besser die Verstimmung heben, als ein weibliches Wesen. Man bedarf dazu bekanntlich eines Schlüssels. Dem Mann steht nur der Hausschlüssel zur Verfügung und oft auch dieser nicht einmal, die Frau besitzt einen ganzen Schlüsselkorb, der ihr eine genügende Auswahl für ihre Zwecke bietet. Dem Manne geht ferner die feine Beobachtungsgabe ab, mit der die Frau die Saiten des sie interessierenden Gegenstandes zu sondieren versteht. Auch mit der Stimmgabel wird sie geschickter umgehen, wie er. Dem Mann ist der richtige Ton nicht so geläufig, wie der Frau. Er ist an dem Ton im Wirtshaus oder gar an den Ton im Reichstag gewöhnt, sie aber versteht sich, dank ihrem Häuslichkeitssinn, auf den Kammerton. Wir halten nach alledem die Frau zum Klavierstimmen für besonders prädestiniert, und wenn ein Klavier sich selbst spielen könnte, würde es sicher das Lied ertönen lassen:

Mädel, ruck, ruck, ruck an meine Sa—i—te.

EINE DEUTSCHE ABENDGESELLSCHAFT

von

CARL WITTKOWSKY.

Blätter aus dem Tagebuche des Amru Ben Adijah.
Ueber Land und Meer. Bd 44. 1880.

... Es ist inzwischen zehn Uhr geworden, — immer dichter ist der Kreis geworden — und 's ist furchtbar heiss geworden. — Endlich ward der geschlossenen Gesellschaft Siegel geöffnet, — nämlich der Flügel geöffnet, — und es verkündeten drinnen Accordschläge — das Beginnen der Vorträge, — worauf die Singenden die ältesten Lieder brachten — und niedermachten. — Die eine sang von Schubert das Lied, das schwierige, — „Der Neugierige", — ein anderer — den „Wanderer", — dann eine von den minder Begabten — ein Lied von Abt'en, — darauf folgte im Wettgesang, — ein Duettgesang, — und zwar, damit's nicht zu bald vergesse sich, — „ich wollt', meine Liebe ergösse sich". — Nachdem auch ich nun den Abend unterstützt hatte - und am Klavier eine Paraphrase heruntergeschwitzt hatte — unter obligatem Klirren — von Theegeschirren, — und unter dem Knarren der Thüren — und dem Geräusch vom Serviren, — ward endlich verkündet, was sowohl für den leeren Magen, — wie überhaupt an so schweren Tagen — das grösste Behagen, — und was sich nun endlich labend bot: — das ABENDBROT.

LIEBCHEN LASS!
Von
KURT KAMLAH.

Aus den Liedern des armen Kurti. Berlin, Schuster & Loeffler 1897.

Liebchen, bitte, lass das Singen,
Denn Du hast ja kein Gehör,
Und wenn Deine Lieder klingen
Fürcht' ich immer ein Malheur!

Ist es doch gottlob kein Müssen
Und für Dich nicht heil'ge Pflicht.
Liebchen, lass, Dein Mund kann küssen,
Aber singen kann er nicht!

MÄNNERGESANG.

Der Verfasser dieser komischen Persiflage, die im Jahre 1896 die
Runde durch die Blätter machte, war nicht zu ermitteln.

Ich hasse den sogenannten Männergesang. Er ist mir
das Langweiligste und Unkünstlerischte, was ich mir denken
kann. Aus diesem Grunde besuche ich auch grundsätzlich
keine Vereinskonzerte. Nur einmal bin ich meinem Vorsatze
untreu geworden, und das war, als mich mein Freund, ein
begeisterter Vereinsmeier, einlud, mir eine neue Komposition
für grossen Chor und Orchester anzuhören, deren Verfasser
ihm bekannt sei. Zugleich wettete er zehn gegen eins, dass

mich die Komposition infolge ihrer Schönheit ein für alle-
mal von meiner Abneigung gegen derartige Erzeugnisse
heilen würde. So machte ich also eine Ausnahme und ging
in das Konzert, richtete es jedoch so ein, das ich nur die
betreffende Komposition zu hören brauchte. Der Text dazu
bestand aus fünf Strophen zu je sechs Zeilen. Die erste
Strophe lautete wie folgt:

Wie herrlich ist's im grünen Walde,
Wenn an den Gräsern blinkt der Tau,
Wenn durch die Wipfel leise flüstert
Der Sommer-Morgenwind so lau,
Und durch die Lüfte jubelnd zieht
Der Vögel wundersüsses Lied.

In der Form, wie es gesungen wurde, kam es folgender-
maassen zu Gehör:

Wie herrlich ist's im grünen Walde, wenn an den Gräsern,
den Gräsern, den Grä—ä—ä—ä—äsern blinkt der Tau, wenn
an den Gräsern, wenn an den Gräsern blinkt der Tau, blinkt
der Tau, bli—i—i—i—inkt der Tau, wie herrlich ist's im
grü—ü—ü—nen Walde, wenn an den Gräsern blinkt der
Tau, wenn durch die Wipfel, die Wipfel, die Wipfel, leise,
leise, lei—ei—ei—se flüstert der Sommer-Morgenwind, der
Sommer-Morgenwind, so—o lau, so—o lau, so—o—o—o—o
so lau, und durch, und durch, und durch die Lüf—te, und
durch die Lüfte jubelnd, und durch die Lüfte jubelnd, und
durch die Lüfte jubelnd, jubelnd, jubelnd, ja ju—belnd zieht,
und durch die Lüfte jubelnd zieht der Vögel wunder-, wunder-,
wundersüsses, der Vögel, der Vö—ö—ö—ö—gel wunder-,
der Vö—ö—ö—ö—gel wundersüsses, wundersüsses, wundersü—ü—üsses Lied, und durch die Lüfte jubelnd zieht, und
durch die Lüfte jubelnd zie—ieht, der Vögel, ja der Vögel,
der Vögel wundersü—sses Lied! —

Die übrigen fünf Strophen habe ich mir geschenkt. Aber
eine Woche litt ich an Nervenzuckungen. . .

DIE KRITIK.

DER ZEITUNGSTEUFEL

von

FRITZ MAUTHNER.

Aus: Credo. Berlin, J. J. Heine 1880. [Auszug].

———

Ein junger Fuchs sucht bei einer Zeitung anzukommen. Der Zeitungsteufel in der Maske eines Gelehrten klärt ihn über das Zeitungswesen auf. Sie kommen schliesslich auch auf das Feuilleton zu sprechen.

FUCHS.

Verzeihen Sie meine vielen Fragen.
Können Sie mir vom Feuilleton
Nicht auch ein kräftig Wörtlein sagen?
Beliebt ist's ja wie ein Bonbon.

TEUFEL.

Der Geist des Feuilletons ist leicht zu fassen:
Man muss sich einfach gehen lassen.
Besonders müssen's die Weiber lieben,
Für sie wird unter dem Strich geschrieben.
Ein Doktortitel muss sie erst vertraulich machen,
Dann dürfen Sie ihnen graulich machen
Und die schönsten Sachen heruntermachen.
In hundert Zeilen nur klipp klapp

Schlachten Sie hundert Bücher ab,
Beklagen Sie ernst, dass die Posse gefällt,
Und treiben Spott mit der tragischen Welt.
Doch Freibillet und Musikkritik
Ist des Feuilletonisten höchstes Glück.

FUCHS.

Ich würde recht gern Musikrecensent,
Wenn ich nur wüsst', wie man die Noten nennt.

TEUFEL.

Narr! über Musik gelehrt zu schreiben,
Ist fast so leicht wie Gänsetreiben;
Wem seine zwei Ohren vom Kopfe stehn,
Kann unter Musikrecensenten gehn.
Wer alles lobt oder alles reisst,
Bei den Leuten ein tüchtiger Richter heisst.
Sie loben in einem Duo zwei,
Im Trio drei, das steht Ihnen frei.
Loben ist leicht; doch wer schimpfen kann,
Ist bald der angesehnere Mann.

FUCHS.

Wo nehm' ich die technischen Worte her?

TEUFEL.

Ein Dutzend zu lernen ist nicht schwer.
Vernehmen Sie keinen deutlichen Ton,
So nennen Sie's immer polyphon.
(Mit ph und einem y).
Wird das Klavier kaum noch gehört,
So ist es ein Klavierkonzert.
Doch hören Sie das Klavier allein,
Werden's moderne Lieder sein.

Wenn der Finger Blut auf den Tasten fliesst,
Dann heisst es Bravour, der Mann spielt Liszt.
Blicken die Sänger besonders dumm,
Ist's wohl ein Oratorium.
Auch müssen Sie die Lehre nützen:
Dass Geiger stehn, Cellisten sitzen.
Das Wort, das von allen am meisten prunkt,
Ist der beliebte Kontrapunkt;
Setzen Sie ihn wo immer hin
Und schneiden Sie eine ernste Mien'.
In der Oper sind Blonde immer Tenöre,
Die Schwarzen Bariton, falsch die Chöre.
Und die Prinzessin von starker Statur
Singt regelmässig Koloratur.
Haben Sie diese paar Worte begriffen,
Ist schon Ihr kritisches Messer geschliffen.
Sie setzen sich auf den Richterthron,
Und erhalten gar schmeichelhaften Lohn.
Die allergefeiertsten Sängerinnen
Bemühen sich, Ihre Gunst zu gewinnen.
Sie rühmen Ihren Kunstverstand
Und drücken furchtbar warm die Hand.
Zum Willkomm tappen Sie u. s. w.

FUCHS.

Das sieht schon besser aus!

TEUFEL.

Nur heiter!
Kritisieren ist keine Hexerei!
Ich glaube, dass eins nur nötig sei.
Drum sagen Sie, eh' wir's noch weiter treiben:
Verehrter, können Sie denn schreiben?

FUCHS.

> Auch was Geschriebenes fordern Sie, Pedant?
> Ich bin für meine schöne Schrift bekannt!
> Wenn es denn sein muss, Herr Doktor, ei nun, da
> Wäre mein letzter Aufsatz aus Sekunda.

TEUFEL (nachdem er gelesen).

> Sie sind für uns noch nicht ganz reif.

FUCHS.

> Ach, werden Sie doch nicht gleich so steif!
> Ich spiele ganz vorzüglich Karten,
> Versteh' im Café auf Gedanken zu warten,
> Kann alles trinken, alles rauchen —

TEUFEL.

> Ich kann Sie dennoch nicht gebrauchen.

FUCHS.

> Ich bin mit kaltem Wasser begossen:
> Die Geisterwelt ist mir verschlossen!
> Doch wenn auch der Teufel mich gehen lässt,
> Ich bleibe fest.
> Blüht mir in der Presse kein ander Heil,
> Werd' ich Redakteur vom Inseratenteil.

6*

SELBSTKOSTEN.

Aus der „Jugend" München 1897.

In einem Berliner Beleidigungsprozess hat ein der Bestechlichkeit beschuldigter Musikkritiker erklärt, die 50 Mark, die er von einem Recensierten angenommen, seien nur für Selbstkosten, wie Droschken, Billets, Abendessen ausser dem Hause u. s. w. gewesen. Ein Geschäft habe er dabei gar nicht gemacht. Bedenkt man, mit welchen enormen Betriebskosten solch ein vielgeplagter Mann arbeitet, so kann man ihm nur recht geben. Wir wollen zu seiner Entschuldigung in folgendem die Selbstkostenanstellung des Musikrecensenten LAPPERL im Wortlaut mitteilen, welche jener dem Komponisten HÄHNLEIN für Besprechung der symphonischen Tondichtung „Hexensabbath" aufstellte:

	ℳ	₰
Entschädigung für die Absage an meine Skatgesellschaft, wo ich mindestens 5 ℳ am Konzert-Abend gewonnen hätte	5	—
Eine neue Hose, die zum Konzertbesuch unbedingt nötig war	35	—
4 Billets für mich, meinen Onkel, meine Tante und meine Cousine Ida (ich kann doch nicht allein in's Konzert gehen	20	—
4 Konzertprogramme	—	80
Garderobe	1	50
Entschädigung für ein Paar entzweiapplaudierte Handschuhe (zweiknöpfige für mich) . . .	3	50
do. do. achtknöpfige für meine Tante .	5	—
2 Cognaks für mich, um in Stimmung zu kommen	1	20
3 Krügel Pilsner für meinen Onkel	1	50
Eis für meine Tante	—	50
Eine Rose für Ida	—	60

	ℳ	₰
Auf das Konzert entfallende Quote der Kosten meiner musikalischen Ausbildung (5 Jahre Konservatorium)	155	85
Abendessen ausser dem Hause für vier Personen	14	65
Wein hiezu	12	—
Nachtdroschke für 3 Personen	2	—
Eintrittskarte in das „Orpheum“, welches ich, von der dithyrambischen Stimmung der Tondichtung hingerissen, besuchte	3	—
2 Dutzend Austern	6	—
1 Flasche Pommery	12	—
Konfekt für Coralie	1	—
Droschke (Nachttaxe).	2	50
Sonstige, durch die Stimmung der Tondichtung hervorgerufene Ausgaben	20	—
Droschke (Morgentaxe)	1	—
1 Gramm Antipyrin	—	20
1 Flasche Sodawasser	—	20
Papier	—	3
Tinte	—	5
Löschblatt	—	3
Abnutzung an meinem Federhalter	—	1
Ein neuer Schreibtisch	250	—
Entschädigung für meine unbegreiflicherweise im Orpheum oder später verschwundene Taschenuhr	140	—
Briefmarke	—	10
Entwertungsquote an meinen Schreibärmeln durch einen Tintenklecks	—	7
Streichhölzer.	—	3
Kerze	—	10
Katerfrühstück bei „Dressel“	15	40
	710	82

Herrn H ä h n l e i n zu umgehender Bereinigung mit dem Bemerken, dass ich mir jedes etwaige Douceur ausser den auf Heller und Pfennig ausgerechneten Selbstkosten energisch verbitten würde.

LAPPERL,
Unbestechlicher Kritiker.

SCHWACHE AUGENBLICKE DER KRITIK.

Aus dem „Album unfreiwilliger Komik", Berlin, R. Eckstein Nachf.
Bd 1—3 zusammengestellt.

Vielen Werken Gades wohnt die meergeborene See-
möwenstimmung inne.

Elberfelder Zeitung Nr 21. 1880.

Mozart erlebte am 27. Jannar 1880 eine vorzügliche
Interpretation seiner Oper: „Die Entführung".

Dresdener Nachrichten. 29. Jan. 1880.

Der Herr Konzertgeber hat sich im Pfluge Anerkennung
erworben.

Emdener Zeitung Nr 60. 1888.

Die hundertste Aufführung des „Nachtlager von Granada"
ging auf unserer Hofbühne ohne Sang und Klang vorüber.

Hannov. Courier Nr 101. 1870.

Von Herrn Ganz erhält man den Eindruck, er würde,
auch wenn er gar keine Stimme mehr behält, dennoch ent-
zückend schön singen.

Weser-Zeitung. Febr. 1885.

Die Musiker trugen die Piecen mit Prätension vor.

General-Anzeiger von Thale Nr 1. 1886.

Die obige Besprechung kommt nicht aus der Feder
unseres Musikreferenten, sondern geht uns von geschätzter
Hand zu.

Posener Zeitung Nr 210. 1877.

In dem Konzerte wirkte Fräulein S. mit, eine auf der
Geige und auch ausserhalb derselben gleich schöne Künstlerin.

Leipziger Nachrichten. 23. Dez. 1873.

Am blechmusikalischen Himmel ist den Dresdenern ein
neuer Stern aufgegangen.

Dresdener Nachrichten. 16. April 1873.

Alle vierhändigen Klavierspieler werden ihr Wunder er-
leben, wenn sie Goldmarks soeben erschienene Ouverture
nachspielen.

Neues Dresdener Tageblatt Nr 299. 1889.

In Schumann ist eine der schönsten Blüten der Romantik
dem Grundstein entsprossen, den Bach gelegt hat.

Musikalisches Centralblatt Nr 1. 1880.

Bei der günstigen Akustik erzielten die Männerchöre
überraschende Wirkung. Wie Sturmesbrausen rollten die
Fortes durch den Raum dahin, während in seinen fernsten
Enden die Pianinos zu ersterben schienen.

Nürnberger Stadtzeitung. 16. Febr. 1863.

Der Bassist Renner ist eine imposante, junonische Erscheinung.

Elbinger Allgemeine Zeitung. 13. Nov. 1881.

Am Karlsruher Hoftheater sang Herr Hübner aus Leipzig
in Gounods Margarete die Titelrolle.

Badische Landeszeitung. 13. April 1894.

POTPOURRI.

Ausser den 12 Dur- und den 12 Moll-Tonarten giebt es noch eine Masse Ton-Unarten.

Wenn gute Musik zu Gehör gebracht wird, so halte man gefälligst das M—usikprogramm und schweige fein still.

Musikalische Mixtur von M. M.

Der Rentier Notenmeyer, ein ausgesprochener Konzertfex, ist mit der Zeit so musiknärrisch geworden, dass er seine fünf Töchter: Line, Lene, Kati, Cordula und Jette in Vio-Line, Kanti-Lene, Stak-Kati, Ac-Cordula und Kastan-Jette umgetauft hat.

Der Gesang der Schulkinder in der alten Dorfkirche wirkte in seiner Monotonie unsagbar ermüdend und einschläfernd. Es war das reine Choral-Hydrat.

AUS DER THEORIE.

1. **Technik** ist nichts als die Fähigkeit, den rechten Finger zur rechten Zeit auf die rechte Taste zu setzen.

2. Die Grundlage der gesamten Harmonie ist die ganze Tastatur. Die speciellen Accorde findet man durch Weglassen der nicht dazugehörigen Töne.

Zeitgeist.